JN094610

弔いの回想録

メモワール

松田浩一
MATSUDA KOICHI

幻冬舎MC

弔いの回想録

目次

一、友人の葬儀での弔辞　4
二、高校受験失敗から補欠募集への回想　12
三、後頭部直撃の衝撃的な事故の回想　51
四、生まれ育った立川を離れての回想　106
五、直前対策から試験当日そして都庁の回想　112
六、末期癌での闘病生活の回想　133
七、別れの時の回想　191
八、君が導いた人生の道標　197

一、友人の葬儀での弔辞

平成十八年三月八日、多摩都市モノレール泉体育館駅から徒歩で八分の祭場にて、友人の西浩二君の告別式が執り行われた。駅から祭場までの間、故人を回想しながら、向かったので想い出は尽きない。

彼との関係は、小学校三年生の時に故人が転校した時の出会いから始まる。故人は、背は低く口うるさい子供であった。親しくなかったため、私から声を掛けることはほとんどなかった。中学校三年の時、都立高校受験では共に失敗している。故人の誘いで同じ高校に進学して、同じ学びを過ごした。就職も故人と同じ公務員として勤めた東京都庁。

今まで歩んできた豊かな人生は、故人のお陰と感謝している。高校の選択と東京都職員への任用は、すべて故人が遺してくれた人生の道標である。

葬儀は、故人が東京都水道局の労働組合の幹部を長く続けていたことと、環境問題の活動家としての経歴で、弔問者が四百名を超える盛大なものであった。

都水労と全水労の花輪が飾られていた。政治的思想で対立していた労働組合の花輪があったが、思想の垣根を超えて弔慰を受けていた。

葬儀の受付は、水道局関係者、親族、友人、遺児の学校関係者、環境団体関係者に分けて記帳する場所があった。

私は、友人として芳名録に記帳してから、メモリアルコーナーに進み拝見すると、故人の水道局労働組合での活動の歴史と、立川病院の傍にあるカレー店ＣＨＯＴＡで、闘病中に組合関係者と懇談している写真が貼られていた。そして、松井やより賞の記事も掲示されていた。

カレー店ＣＨＯＴＡは、中学の同級生が経営している店である。平日の月曜日から木曜日、営業時間は、十一時半から十三時半までと短時間営業のお店。野菜カレー、オムカレーが絶品である。

祭場では、コントラバスの生演奏が流れていた。演奏された曲名はわからないが葬儀の静寂に合っていた。生演奏は般若心経の読経が始まるまで演奏され、読経が終わったあとも暫く演奏された。夫を失った咲織さんに挨拶を済ませると、友人として弔辞を述べることになっていた。葬儀会社の担当者から葬儀用の花飾りを渡された。そして、花飾りを胸に付けて参列席の前の方に案内されて着席した。

祭壇の前には、元和二年に創立された、青梅八福神の達磨寺の僧侶である導師が入場して祭壇の前に座り、般若心経を唱え始めた。

「仏説摩訶般若波羅蜜多心経・観自在菩薩・行深般若波羅蜜多時・照見五蘊皆空・度一切苦厄・舎利子・色不異空・空不異色・色即是空・空即是色・受想行識・亦復如是・舎利子・是諸法空相・不生不滅・不垢不浄・不増不減・是故空中・無色無受想行識・無眼耳鼻舌身意・無色聲香味触法・無眼界・乃至無意識界・無無明・亦無無明尽・乃至無老死・亦無老死尽・無苦集滅道・無智亦無得・以無所得故・菩提薩埵・依般若波羅蜜多故・心無罣礙・無罣礙故・無有恐怖・遠離一切顛倒夢想・究竟涅槃・三世諸仏・依般若波羅蜜多故・得阿耨多羅三藐三菩提・故知般若波羅蜜多・是大神呪・是大明呪・是無上呪・是無等等呪・能除一切苦・真実不虚・故説般若波羅蜜多呪・即説呪曰・羯諦羯諦・波羅羯諦・波羅僧羯諦・菩提薩婆訶・般若心経」

読経のあと般若心経を達磨寺の導師が解説してくれた。

導師が「皆さんにわかりやすい新現代訳の般若心経の解説をします」と印刷された般若心経の原文と現代訳をくださった。その現代訳とは、わかりやすい言葉で書かれていた。

「御釈迦様の仏教の聖典六百巻を二百六十二文字の漢字の経典に纏めたのが西遊記で御馴染の玄奘三藏です。原本のサンスクリット語を漢字に訳したのです。その経典とは、御釈迦様が弟子の舎利子に説いたお言葉です。観音様が悩みや苦悩を克服した時、体や気持ちが空であることがわかり、その教えは、物事を知ったり、意識したり、考えたりすることも空である。

身体と気持ちは一体である。生と死も一緒。生きている限り死があります。老いることは時間が経過すること。赤ん坊も一日経つと歳を取る。小乗仏教の十二縁起とは、悩み、生活、好き嫌い、体と心、六つの感受機能、六つの感覚、感受作用、妄執、執着、存在、生まれること。老死のこと。それら教理は煩雑で難しいので空と説いています。つまり存在していないので悩まないでいいのです。菩提薩埵（ぼだいさった）というのは、修行僧は損する智慧。問題を解決しない智慧。世の中をよくしようとしない智慧を学んだから何も怖がることがありません。こだわりがないのでびくつくこともない。般若心経の心無罣礙（しんむけいげ）とは、心に障（さわ）りがないということを言います。だからおびえる必要がない。ありのままの自分を認めること。事物をさかさまにとらえることなく、妄想に悩まされることなく、心は安定してやすらかであること。欲を求めない智慧。損得なしで生きる智慧。普段の生活が修行であること。その修行は終わりがない。般若心経の智慧をこれからの皆さんの人生の智慧としてください。これが、般若心経の空です」

般若心経の解説は多々あるが、わかりやすい言葉での表現だったので、般若心経が身近に感じた。

達磨寺の僧侶である導師が般若心経の説明と解釈をしたあとに参列した人達に語った。「この現代訳を読まれた方の感性が違うように捉え方が異なるかもしれないが、皆さんの人生の空しさや苦しさ、そして、心澄む過ごし方、人生の終焉を般若心経の中から読み取ってほしい。それと、開祖達磨大師は、七度転んで八度は起きる。それには、気は長く、心は丸く、腹を立てず、人は大きく、己は小さく、とすることが肝心であると説いている」と功徳を述べられた。私は、西の葬儀に相応しいお言葉だと思った。

最初の弔辞は、組合の代表が故人の労働闘争とその功績を称え、弔う言葉であった。

「故人は、東京都水道局労働組合での当局との団体交渉では、先頭に立って、組合員の労働者としての権利と都民の命を繋ぐ水資源を守るため、力を尽くしてきました。不当な当局の懲戒処分に屈しない強い意思は、残された組合幹部にとっては、礎といえます。偏にこの礎は、組合活動には不可欠です。故人の素晴らしい精神を私どもは、守っていきたい。

この礎こそが、当局の不当な要求を撥ね付ける原動力となります。当局は水道事業を民営化の名のもとに、都民の大切な命を守る水資源を軽視した政策を取ろうとしています。私達は、故人の遺志を尊重して水道事業の民営化を……」と弔辞を述べた。

自分の気持ちをありのままに話そう。故人に語り掛けるように。

会場の葬儀進行役からアナウンスされ待機していた席を立ち、ゆっくりと前に進み祭壇のあるマイクの前に立った。「故人とは、小学校・中学校・高校・東京都と一緒だった松さん、弔辞をお願いします」と。葬儀の参列者の席を見渡し、百八十席ある参列した人達に向かってお辞儀した。故人の写真（遺影）を見た時、見返りを求めることがない友情が駆け巡り、涙が溢れ出た。涙を抑えきれぬまま、故人に語り掛けるように弔辞を述べた。

「西、覚えているか、お前と俺は、勉強ができる方ではなかった。共に都立高校の受験に失敗したが西は諦めなかったネ。何度も私の家に訪ねてきた。しつこかった。本当にしつこかった。私は、興味がない。絶対に受験しないと言い続けたのに、それでも、諦めないで都立保谷工業高校の補欠受験を誘いにきた。かなり酷いことを言ったが諦めなかった。一度も友人だと思ったことはないと酷いことを言ったのに……。最後は、父親の年齢と学費のことを西に指摘され反論できなかった。私を説得するのに考えてくれたことだった」

二、高校受験失敗から補欠募集への回想

私は、都立昭島高校の普通科を受験したが学力不足で不合格となっていた。別の日に受験した私立昭和学園に合格していたので、この学校に進学することをほぼ決めていた。

ある日突然、西が自宅に訪ねてきた。

「マツはいるか！　俺だよ！　西だよ！　いるなら返事してくれ！」

と大声で玄関の引き戸前で叫んでいた。

あまりにうるさいので引き戸を開けた。

「何の用だよ。うるさいんだヨ！」不機嫌な顔をして答えた。

西は「マツに話したいことがある」と自信満々な笑みを浮かべていた。

「俺からは、用事はない」と冷たく答えると、

「保谷工の補欠募集があるので誘いにきた」

「その都立学校の補欠募集のこと、お前に頼んだこともないぞ！」と不機嫌に答えると、「マツにとっては有益な話だ！」と自信ありげな態度だった。「有益かどうか知らないし、興味がない」と素っ気なく、迷惑そうな顔をして答えた。

都立保谷工業高校は、建築科が受験生に人気があったが、機械科と建設科は定員割れをしていた。西は、熱意を持って、補欠募集のことを話し掛けてきたが気乗りしなかった。一月に都立高校を受験して不合格となり、試験はもう受けたくないし、試験を受ける自信が湧かなかった。西の話を上の空で聞いていた。

それに、昨年の八月に母親が急性肺炎で他界して父子家庭となっていることで、父

親は高齢で子供の養育より自分の老後のことがあり、中学を卒業したら、住込みで働いてほしいと父親から言われていた。

父親には無理を言って、高校までは進学させてくれとお願いして、了解を得ていた。学校の面接室で担任の進路指導を受けて、担任の忠告を無視して、高校を選択したことや昭島高校の受験に失敗して、不合格になったことを思い出した。

中学三年生の二学期のことだった。学校の面接室で私は父親と進路指導の三者面談を受けた。担任の加山利平先生から「松君が受験したい高校は？」と尋ねられたので、「自宅に近い都立の昭島高校と滑り止めとして私立昭和学園の二校を考えています」と答えた。

担任は、「希望している昭島高校は、松君の成績では無理だ。もっとランクを落とさないと都立高校の入試に失敗するぞ」と諭された。

「希望する都立高校を変えるつもりはありません。学年の模擬テストで、男子生徒、百四十八名中三十五番になった時の点数を取れば合格できます！」と二学期までの自分の成績のことを考えないで答えた。

担任は呆れて「よく考えてみろ！　松君が言っている模擬テストは、偶々良かった点数で、普段の模擬テストの点数は高くないぞ。それに、松君の二学期までの成績では、昭島高校は、ランクが高過ぎて合格することはできない。無理だ！　無謀だ！　希望する都立高校を変えなさい！」と担任は、私を窘めた。担任は、再度私に忠告するように「もう一度言うがランクを落とせ。青梅の都立多摩高校でも難しいぞ！」と言ったが、担任の忠告を無視して希望する高校を変えることはなく、意地を張って「第一志望を変えるつもりはありません。合格できるように頑張ります」と私は答えた。

担任は、私に言い聞かせるように「例えば、都立小金井工業高校とか！」、父親も「先生の言うように、ランクを落としなさい」と忠告した。

私は、一度決めたことを変えることができない頑固な性格で、自宅に近いという理由を変えないで、第一志望を変えることはなかった。

都立高校の受験に失敗しても、高校進学できるように、地元の当時偏差値が高くない、私立昭和学園も受験することにしていた。担任からは、「松君は、おそらく昭和学園に進学することになるだろう」と呆れていた。

昭島高校の合格発表の日は、二月の体が冷えるほど寒い日であった。入試結果には自信がなく、そんな気持ちで確認に向かう足取りが重かった。昭島高校の学校の校門をくぐるのに気乗りがしなかった。一月の都立学校の入学試験に出題された問題が難しく、碌な点数を取れないことはわかっていた。「国語、英語、数学三教科合わせて百五十点にも達していないだろうなぁ」と呟きながら合格番号が掲示している場所に進んだ。

合格発表の番号が掲示されている場所に多くの受験生が集まっていた。

掲示板を見て隣にいた受験生から「私の受験番号があった」と喜ぶ声。「おめでとう。紀子と同じで私の受験番号もあった」

別な受験生から「俺の受験番号もあった」

同じく「受験番号があった」と合格した生徒達がお互いに称え合う声が聞こえて来た。拍手があり、お互いに嬉しそうに喜んでいる姿を見かけた。私は、喜んでいる受験生の姿を見ると羨ましかった。

自分の学力を考えないで受験したことを悔やみながら確認したが、昭島高校の掲示板で自分の受験番号五十四を確認できなかった。

「五十一、五十二、五十五」と探していたが、やはり受験番号五十四が掲示されていない。競争率は一・一倍で一割が不合格で少数派だった。

やはり私の受験番号は、掲示されていなかった。

「担任が進路指導で言ったように、やはり学力不足で無理だった」と臍を噛む思いで掲示板を見ていると中学の同級生であるクンチ（松木国吉）が傍にいたので、「クンチの受験番号は掲示板にあった?」と尋ねると、

「今探しているところだ!」不機嫌な顔をして答えた。

暫くしてから「俺の受験番号が掲示されていない。悔しい」と吐き捨てるように言っ

て、立ち去った。私は、クンチが相当悔しい思いをしていると感じた。

昭和学園に合格していたので、高校には進学できる、と考えながら嫌な思いをした合格発表の日を思い出してから、折角訪ねてくれた西に、「話は終わった。早く帰れ！」と素っ気なく告げると、

「マツ、また、誘いに来るよ！」と捨てぜりふを言って、自宅に帰った。

次の日、「マツはいるか！　いるなら返事をしてくれ！」と。

大声で玄関の引き戸前で、西が叫んでいる。

私は「うるさい。何の用だよ」と玄関の引き戸を開けて、怒鳴った。

「昨日と同じ都立高校の補欠募集の受験を誘いに来た」

「しつこいなぁ、もういい加減にしてくれ！　昭和学園に入学することを決めたので、聞く必要はない」とがなり立てると、西は「先ずは、話を聞いてから決めた方がいいよ！」と冷静に促した。

私は、西が誘う補欠募集のことに気乗りがしない。それに試験を受けることに嫌気が差していた。

父親には昭和学園に進学することで了解を得ていたので、入学金を納めることを決めていた。

「補欠募集の試験は受けないと昨日言っただろう」

「兎に角、話を聞いてから決めた方がいいよ！」

「明日、昭和学園に入学金十万円を納めるから聞く必要がない」と強い口調で答えると、西は「入学金を納めるのを待った方がいいよ」と私を説得した。「余計なことを言うな！」不機嫌に答えた。

「よく考えてから払ったほうがいいよ」と忠告を受けた。

西は、諦めなかった。

「お前が決めることじゃないだろ！」とがなり立てると、

「補欠募集する学校のことを聞いてからにしたら？」

「明日入学金を納めるから、補欠募集の話は聞きたくない。さっきから言っているだろう！　俺は、お前が薦める高校の受験は受けない」と答えた。

「入学金を納めたとしても三年間に納める総額で判断するべきだ！」

「入学金や学費の支払いは、西には関係ないだろう」

私は、暫くしてから根負けして、仕方なく「わかった。学校の所在地は何処だ」と尋ねた。西は「学校の所在地は、田無市向台町だ」と答えた。

「学校の所在地が田無市向台町と言われても場所がわからない。遠そうなので通い方がわからない。乗り換えが多いと通いたくない」とひねくれた態度で吐き捨てた。

西は「それでは、保谷工までの経路を説明する。国鉄中央線の立川から二十分で武蔵境に着く。武蔵境駅の北口を出て、西武バスまたは、関東バスに乗車して十五分位で武蔵野女子学園前のバス停で下車する。バス停から学校まで徒歩で五分、待ち時間を考慮して約四十分、通学には一時間は掛からない」と説明した。

私が「通学経路はわかった。俺は、西が誘う保谷工の補欠募集の受験は絶対に受けない」と言うと西は「通学も毎日通えば馴れる」

「どんなに誘われても断る。昭和学園に入学することに決めたから今さら受験する必要はない！」と怒鳴った。

「マツが補欠募集を受験するようにしてみせる。また、誘いに来るョ。マツに補欠募集の試験を受けさせる裏技がある！」と言って人差し指を立てながら自信のある笑みを浮かべて、玄関の前に立っている。

私は腹を立て、「気持ち悪いニヤケ笑いするな！　お前のことは、一度も友人だと思ったことはない！　補欠募集の試験は、お前が受ければいい！　俺には関係ないことだ。顔も見たくない！　早く帰れ！」とがなりたてて玄関の引き戸を閉めた。西は自宅に帰った。

私の自宅は、立川駅南口から徒歩三分位の錦栄会商店街の中にある。

父親が昭和二十七年に、曙町二丁目の共同住宅の管理人として住んでいた建物が取り壊されることになり、立ち退き保証金を元手に、立川の実業家の中野喜助氏が、立川北口の闇市を解消するために分譲した、錦栄会商店街の一区画を購入した物件である。街並は、新宿ゴールデン街のような雰囲気がある、飲食店が立ち並ぶ商店街である。

住民には、元プロ野球選手と兵隊あがりの飲み屋の親父、顎ひげがトレードマークの煮込み屋の店主など、異色な人達が居住していた。

居酒屋トラヤの調理場は、白色電球で明かりを灯していたが、客溜まりの灯りは、カーバイドランプを使用していたので、カーバイドが燃えると結構嫌な臭いがしていた。

昭和三十三年、私が幼い時に、居酒屋トラヤの親父がカーバイドランプを用意している時「おじさん何しているの?」と話しかけると、

「ランプに燃料を入れているんだよ!」

「石ころが燃料?」と尋ねると、

「不思議だろう。この石に水滴が垂れると燃えるんだよ!」

「へー、面白い!」

トラヤの親父がランプの蓋を開けて、カーバイドをランプの容器の中に入れた。私は「変な臭いがする」

トラヤの親父は「この石は、触ると臭いが手に移るので、厄介なんだ」

蓋を閉めてから水タンクを装着して、水滴の量をつまみで調整して、一秒から二秒で水滴が落ちるようにする。

暫くしてからシューッと、ガスが発生する音がする。吹き出し口に火を付けると明かりが灯る。トラヤの親父は「ほら、明るいだろう。多少風が強くても消えないんだ!」

「おじさん、明るいネ!」

カーバイドランプの灯りは、蛍の灯りのようで幻想的な雰囲気をかもし出していた。

自宅の冬場の暖房は、七輪が欠かせない。私が幼い時は、七輪に火を起こすのは、私の仕事であった。

七輪の下部に小さな小窓がある。小窓は、一酸化炭素中毒にならないように酸素を供給して、燃焼温度を千六十度から千百度に上げて、一酸化炭素の発生を抑制するために設けてある。七輪に着火剤が付いている練炭を入れて、割り箸などの木片と紙切れを使って火を起こして、練炭に着火する。

自宅の近くの割烹料理屋の店先には使用済みの割り箸が置いてある。割烹料理屋の店主に「おじさん、この割り箸少しちょうだい」と頼むと、店主は微笑みながら「いいよ!」と。子供好きで優しいところがあるが、少し短気な面があった。

昭和三十三年には、自宅に水道は引かれていないため、手押しポンプの共同井戸で洗濯、炊事の支度を飲食店街に居住する人達がしていた。共同井戸は、自宅の隣にあった。

その井戸は、居住する人達の溜まり場であり、地域の社交場といった場所でもある。そんな場所で、居住する人達の熾烈な争いがあった。

居酒屋トラヤの親父は、大東亜戦争での南太平洋の戦地帰りで、男気があって意思の強い男であった。一方割烹料理を営む店主は、気が弱いことを隠そうとして強がりを言うが、涙脆いところがある。

この二人の男がいざこざから共同井戸で、口論を始めた。

「ゲンさんとトラヤの店主が言い争いしているぞ！」

「ゲンさんが凄い剣幕で怒鳴っているぞ！」と物見高い野次馬が集まり出した。割烹料理屋の店主は「トラヤ、チキショー、覚えていろ！」と言って、自分の店に戻ると包丁を持って、店から出てきた。

「ゲンさんが店から包丁を持ち出した」と近所の住民が騒ぎ出した。

共同井戸の周りには、いつのまにか、近くの住民が集まってきた。

私は、怖い物見たさに母親の足もとから覗き見をしていた。

母親は、「コウちゃん、お母さんの傍を離れたら駄目だよ」と言って私の体を押さえた。

ことの経緯はわからないが、二人の大人が共同井戸の手押しポンプを挟んで睨み合っている。

割烹料理の店主が厳つい顔で声を震わせながら「オイ、トラヤ、いい加減にしろよ、この包丁で貴様を刺し殺さないと気が収まらない！」

包丁を持った手は震えていた。

トラヤの店主は、手に手拭いを巻いて身構えた。

「殺るなら殺って見ろ。俺は、戦地で銃弾をかいくぐった男だ。そんな包丁ごときチャチな武器で驚かない」と凄い形相で割烹料理屋の店主を睨み返した。この光景を見ていた近所の女将さん達が割烹料理屋の店主の傍で、

「ゲンさん、止めなよ！　そんな物騒なことは！」

「お願いだからゲンさん、包丁を持ち出すのは止めて！」

「ゲンさん包丁を捨てて！」と泣きながら止めに入る。

トラヤの店主は「ゲンが持っている包丁をこの手で叩き落としてやる！」

腕を捲って身構えた。

「サー、来るなら来い。かかってこいヨ！」とドスが効いた低い声で啖呵を切った。

その内、飲食店街の女将さん達が止めに入ったことで、割烹料理の店主は、感極まったのか体が震え出し、子供のような大きな声で泣き崩れて持っていた包丁を地面に落

とした。

そして、女将さん達は、割烹料理屋の店主の傍で、近所の女将さん達が「ゲンさん良かった」

小料理屋の女将さんも「何事もなく良かった」

居酒屋の女将さんも「大事にならなくて良かった」と言って泣き出している。割烹料理屋の店主を近所の女将さん達が宥(なだ)めている。そんな人達が住んでいる飲食店街である。私は、幼い子供ながら飲食店街の女将さん達が揉め事を止めたことに力強さを感じた。

寿司、焼肉、スナック、バー、小料理屋、お茶屋、紳士服、洋装店、もつ煮込み専門の飲み屋。当時超有名な「ひげの銀月」は、大鍋で煮込み、食材は、大根、モツ、にんじん、ニンニクを秘伝の醤油ダレで継ぎ足しているようなので、一度も鍋を洗っていないと思われる。

名物煮込みの縄のれんのあるお店がある飲食店街である。

その一角で、亡くなった母親が四坪の洋装店を営んでいた。

顧客は、バーやキャバレーで働く女性達である。

男性客が好む衣装をシンガーミシン三台で仕立て、女性達の好みの生地を裁断して、ボタンもオリジナルのオーダーメイドで提供する洋装店である。自宅は洋装店の二階、トイレと風呂がなく脆弱な住居環境であった。


幼少の頃にあった共同井戸は、昭和三十七年頃になくなり、商店街の各世帯に水道と都市ガスが入って、少しだけ文化的生活になった。

脆弱な家屋は変わらない。トイレは、飲食店街の共同トイレで汲み取り式。風呂は、自宅近くの銭湯・富士乃湯に通っていた。

その日の夕方に、隣町の中学校に通うヨシ（谷川義男）が、銭湯に誘いにきた。

「マッチャン、富士乃湯に行こうぜ」

と玄関の引き戸前で叫んでいる。

「わかった、直ぐ行くよ。用意するまで、待っていて！」

着替えの下着と手拭いに石鹸を用意して玄関を出る。

富士乃湯に着くと下足棚に履物を入れて、男湯の暖簾をくぐり、番台のおじさんに入浴料を払い、脱衣室で西が誘う都立高校の補欠募集の話をした。

「本当にしつこい奴で、都立高校の補欠募集は受験しない、と言って断っている。それでも誘いに来るので、困っている」と困惑した表情で言った。「そんなにしつこいのかぁ？」

「連日だよ！　本当にしつこい奴だよ！　昨日も自宅に来た」

風呂場の湯船の中でも西からの高校受験の話を続けていた。

ヨシは「そいつは何故、そんなにしつこく、都立高校の補欠募集にマッチャンを誘うの？」

私は

「一昨日は、お前のことを友人だと思ったことないと辛辣なこと言って断っているのに、何故か自宅にしつこく誘いに来る。理由はわからない」

と答えた。

「マッチャンを誘わずに一人で受験すればいいことジャン！」

西の企みを疑ってみたが思い付かなかった。

「きっと一人で受験するのが嫌なのかなぁ？」と言うと、ヨシいわく「ふん、そうかぁ……変わった奴だ！」

「西が何で俺を誘うのか理由がわからない」と不思議そうに言うと、ヨシは「面倒くさい奴！」と吐き捨てるように言った。

私は「どうしたらいいと思う？」と問い掛けた。

「本当に、しつこいやつだなぁ……殴っちゃえば！」とヨシは過激な発言をした。その言葉に共感した。西が自宅に訪れたら殴りはしないが、もっと強く言って、補欠募集の話を止めさせようと思った。

ヨシと銭湯で補欠募集を誘う西のことを話した翌日、西が再び、自宅に訪ねてきた。私は、「しつこい、いい加減にしてくれ。昭和学園に入学金十万円を払ったから、都立高校の補欠募集は受けないと言っているだろう。もう誘うのを止めてくれ。俺からは用がない。つべこべ言わず早く帰れ！」と西の胸倉を捕まえて怒鳴ると、西は、冷静に諭すように「マツの父親の年齢はいくつだっけ？」と尋ねた。

私は、「父親は、五十八歳になった」と無愛想に答えた。

「そうするとあと二年で六十歳の定年だ。仮にマツの父親が働けなくなったらどうする？　保谷工の月謝は千円でアルバイトしながら払うことができる。父親の年齢をよく考えてみろ！　補欠募集を受験することを勧める。

それに、保谷工の建設科の卒業生は、公務員では、職種が土木で、東京都に採用されている先輩が多いぞ。事務職より土木職の方が試験のハードルが低いので卒業すれば公務員になれるチャンスがある！　マツ、高校卒業したあとの将来のことをよく考えてみろ！」

と強く諭された。

私は、高校進学と将来のことを考えていないことに気付かされた。

学校が自宅に近いという浅はかな理由で決めたことが情けなかった。

西の胸倉を掴んだ手に力が入らなくなり、気が抜けて手を離した。

私の将来を心配してくれる西の助言に返す言葉がなく、小鳥みたいな小さな声で「わかった。西の言うとおり補欠募集の受験を受けるよ」と項垂(うなだ)れた。

「ほら、昨日言ったようにマツは、補欠募集の試験を受けるようになると言っただろう。俺の裏技に間違いない。ハハハ」

と高笑いをした。

そして、諭す助言に優しさを感じた。

私は、項垂れて返す言葉もなかった。西が薦める保谷工の補欠募集の受験勉強を始めることに同意した。狭い家に上がるのに靴を脱いでもらい、西を自宅に招いた。

家の中には、亡くなった母親が使っていたシンガーミシンが一台残してあった。二月なので寒いので小さなガスストーブに点火して、暖を取りながら高校卒業までの費用についても促された。

「マツ、メモ用紙と鉛筆を貸してくれ」

との西の求めに応じて、裏が白紙の広告用紙と鉛筆を渡すと、メモを取りながら三年間の学費を算出した。

「昭和学園の月謝は、幾ら？」と問い掛けられた。

「月謝は一ヶ月五千円、施設費用は、年に二万円掛かる」と答えた。

「月謝が年間六万円と施設費用二万円。そうすると、年額八万円！　結構な金額だ」

西がメモを取りながら言った。高校進学に掛かる一年間の学費を今まで一度も考えていなかったことに気付かされた。

高齢な父親に、親として高額な学費を負担してもらおうという身勝手な行為に申し訳ないと思った。

西は「年間八万円、三年間で二十四万円と入学金十万円を加えると総額三十四万円！」

西がメモを取りながら算出した金額を聞いて、驚くと共に、無知な自分に呆れた。

私がしょんぼりしていると
「マツは、能天気だなぁ！」

私は、西の説明に目線を合わせることができない。

高圧的な態度をしていたことが恥ずかしく、情けなくなった。

都立高校と私立高校の差額についてメモを取りながら概算を算出した。

「都立高校は、月謝千円で年間一万二千円、三年間で三万六千円、昭和学園の入学金十万円を加えると十三万六千円で昭和学園よりも割安だ！」

西はさらに続けた。

「三十四万円から十三万六千円を引くと二十万四千円の割安だよ！」

西の説明を黙って聞いているだけだった。

「この費用には、学校までの交通費や昼食の費用は含まれていない。保谷工と私立昭和学園では、保谷工の方が自宅より遠いので交通費は掛かるけど三年間で二十万円は掛からない」

私は、西に尋ねた。

「何故、俺に保谷工の補欠募集の受験をしつこく、誘うの?」と尋ねた。

西は「自業自得だよ! あとは、絆かなぁ!」と答えた。そして
「自業自得の正しい意味わかる?」と西に問い掛けられた。

私は「意味はわからないが、自業自得というと何か失敗した時とか、悪いことした時の例えに、よく使う言葉だろう?」と答えた。

西は「自業自得は今では、悪いこととか失敗したことの例えとして使うことが一般的だけど、本来は、カルマという昔のインドの言葉を漢字で示した言葉だよ。日本語では、行為のこと、自分の行いの結果を自分で得る。自分の行いが自分の運命を決める。一生懸命勉強すれば、成績が上がる。勉強を怠ければ成績が下がる」

さらに続けて「つまり、自分の幸せ、不幸せを決めているのは、自分の行為だとお釈迦さまがいう仏教の教えだよ」

私は、西の諭す言葉を頷きながら聞いていた。

西は「俺がマツに言うことは、俺自身に問い、自分自身に言っていることだよ、いつか自分に返ってくる。だから自分のためにしていることだよ」

「あとは、絆は何のこと?」と西に問い掛けた。

西は「未来のマツへの絆かなぁ!」と答えた。

「俺の未来に?　よくわからない」と西に言うと、西は「マツ、深く考えるな!」と答えて、自宅に帰った。

私は、西が言った自業自得の意味を心にとどめておこうと思った。


西が帰ってから父親に、入学金を払った昭和学園を辞退する理由を考えた。

「そうだ!　西が言ったことをそのまま使おう!」と心の中で囁いた。父親には、自分で考えたような素振りで、昭和学園の入学を辞退する理由を西から聞いたことをそのまま流用した。

「お父さんに高校進学のことで話をしたいことがある」

父親は「高校は、昭和学園に入学金を払ったから決めたんじゃないのか?」と言い返した。

私は「もう一度、都立高校に入学できるように頑張ってみたい」と父親に言った。

「入学金が無駄になるぞ」と父親は困った顔をして答えた。

私は、「都立高校に合格できれば、昭和学園の入学金は無駄になるが三年間の月謝と辞退する学校の入学金を合わせても費用は安い」と説得した。父親は、頷きながら「詳細を説明してくれ!」と私に問い掛けた。

私は、私立昭和学園と都立高校の費用の詳細を説明した。

「昭和学園は、授業料は、一ヶ月五千円、施設費用が年間二万円掛かる。月謝が年間六万円と施設費用二万円で合わせて年額八万円になる。三年間で二十四万円と入学金十万円を加えると総額三十四万円となる」

父親は、「都立高校の学費は?」

「都立高校は、月謝千円で年間一万二千円、三年間で三万六千円、辞退する昭和学園の入学金十万円を加えても十三万六千円で割安です」

父親は「都立高校に入学した場合は、費用が幾ら安くなる?」

「昭和学園の学費三十四万円から都立高校の総額学費と昭和学園の入学金を合わせた十三万六千円を引くと二十万四千円の割安です」

父親は、私の話を頷きながら黙って聞いていた。

「学校までの交通費を考慮しても、保谷工と昭和学園では、保谷工の方が自宅より遠いので交通費は掛かるけど、三年間で二十万円は掛からない」

父親は「幸一は、進路相談の時は、能天気で何にも考えていないと思ったが、色々調べているんだ!」

私の説明に感心していた。

私は続けて「保谷工の建設科の卒業生は、東京都の土木職で採用されている先輩が数多くいる。事務職よりも技術職は、採用試験のハードルが低いので、卒業すれば公務員になれるチャンスがある」

と西が言ったことを然も自分が考えていたような素振りで、父親に話をした。

「幸一も将来のことをこんなに考えていたのか。死んだ母さんも頼もしい姿見たらさぞ喜んだことだろう」

と言いながら涙ぐんでいた。

父親は、私が生まれた時のことを初めて話した。

それまで、父親から私の出生の時の詳しい話を聞いたことがなかったので、驚いて黙って聞くだけだった。

「幸一は逆子だったから、出産は大変だった。危うく母体とも死にかけた」と父親は語った。

私は、昭和二十九年六月五日に、錦栄会商店街にある自宅で生まれた。

私の母親の陣痛が強くなり「子供が生まれるかもしれない」と叫んだ。

父親は「産婆さんを呼んで来ようか？」

母親は「破水したかもしれない」

母親が横になり力みだした。「うーん、うーん」

陣痛が始まり、痛みの強さや場所が時間を追うごとに変化した。母親の陣痛は、最初は不規則で鈍い下腹部痛だったが、次第に規則的になり、痛みも激しくなった。

胎児が子宮口に向かって下がってくるので、痛む場所も胎児の動きに合わせて変化し、激しい痛みに母親は呻き声を上げていた。

父親は、出産の痛みに耐えている母親の背中をさすった。

特に骨盤に差し掛かると狭い骨盤が押し広げられるため、「腰の骨が砕けそう」と表現するほどの痛みに変わった。

子宮口まで胎児が下がると、まさに痛みは最高潮に達し、出産で最も辛い時が母親に訪れた。子宮口が十センチメートルと全開になった状態で、胎児の足が見えた。

「キヨ子、子宮口から足が出ている。逆子だ！」

「父ちゃん、何とかして！」と母親は叫んだ。

「わかった。赤子を子宮口から何とか出すよ」

出産まであと少しという時に、大変な事態となった。

赤子を子宮口から出さないと、母体が危ない。

「お前の母さんが産気付いた時、子宮口から足が出ていた」

母親は、赤子が子宮口で止まっていたため、悲鳴を上げていた。

父親は、急に産気付いたため、産婆さんを呼ぶ余裕もなく、自ら措置することを決意した。

医療器具がないので、洋裁に使う裁ち鋏を数本事前に用意していた。

竈に薪を入れて火を起こし、大鍋に水を入れて竈の上に載せて煮沸させ、大鍋に、裁ち鋏を入れて消毒して用意していた。

自宅にあるぼろ切れ、端切れ、さらし、金たらいなどを用意して出産時の胎児、胎盤、羊水などの措置に備えていた。

「キヨ子、待っていろ、俺が何とかする！」

母親は、悲鳴を上げていた。自宅の南側にある、肉豆腐が名物の一杯飲み屋「兆半」の女将さん、小島チカコに、母親が産気付いた時にお湯の手配を事前に頼んであった。

「小島さん、女房が産気付いて産婆さんが間に合わない」

「これは大変だ。松さん何か手伝うことがあったら言って！」

「うぶ湯の用意頼む」

「うぶ湯の用意は、私にまかせなさい」

父親は、うぶ湯を兆半の女将さんに頼んだ。

兆半の女将さんは、共同井戸の手押しポンプで井戸水をバケツに貯めてから、お店の大鍋で井戸水を沸かした。父親は、先ほど用意した消毒した裁ち鋏とぼろ布などを用意して、苦しんでいる母親の傍に付いた。

母親は悲鳴を上げていた。

母親は「父ちゃん、苦しい！」もがき苦しんで、力み出した。

「キヨ子、俺が何とかするから頑張れ」父親は、逆子の胎児を引出す方法を考えた。子宮口に手を入れて、胎児の体に指が届けば胎児を引き出せると考えた。「松さん、うぶ湯の用意はできたよ！」と兆半の女将さんが裏口から父親に声を掛けた。

「すまない。感謝する」

「松さん、いいんだヨ、お隣同士だから。それより、奥さんのことが心配だヨ」

兆半の女将さんのねぎらいの言葉に、父親は感謝した。

「キヨ子、今から赤子を取り出すよ」

父親の実家は養蚕農家で、副業に養豚をしていた。十六歳の時に破傷風に罹り、右肘に障害があり、実家の養豚の手伝いをしていた。

仔豚を何体も取り出した経験があった。仔豚の分娩は、母体を助けるため、速やかに仔豚を取り出す必要がある。

胎内で死産した仔豚を医療用のゴム手袋を装着して、取り出した経験がある。その時の経験が役立つとは、考えもしなかった。

父親は、子宮口に手を入れた時、赤子の肩に薬指が届いた。

「赤子の肩を、この薬指に引っかけた時、赤子を子宮口から出せると確信した」

としみじみ自分の薬指を見せながら、私に語っていた。

そして、父親はさらに続けて語った。

「胎児の足を持って、子宮口から少し回転させ、ゆっくり引き出した」

父親は、無事に胎児を子宮口から引き出すと、胎児と胎盤の切り離しを裁ち鋏で措置した。

臍帯(さいたい)の処置は、木綿糸で縛り、赤子を用意したぼろ切れで、拭いた。

兆半の女将さんが用意したうぶ湯で赤子を洗い背中を叩いたら「オギャー、オギャー」元気な声で初声を上げた。ぐったりした母親の胸元に赤子を抱かせると本能的にわかるのか、母親の乳首に近づき、初乳を吸い出した。父親は、母親の耳元で「キヨ子、よく頑張った。赤子は元気だ」

母親は、弱々しい声で「父ちゃんありがとう。私と赤子の命を救ってくれて……」

母親の目には、一滴の涙が頬を伝わって流れた。その時のことを思い出しながら「幸一、出産は大変だった。危うく母子ともに死なせるところだった」としみじみと語った。語りながら父親は、その時のことを思い出して感無量になっていた。私は、明治生まれの不撓不屈な父親を感じた。


翌日、いつものようにヨシが銭湯に誘いに来た。

「マッチャン、富士乃湯に行こうぜ。外で待っているよ！」

玄関の引き戸前で叫んでいる。「わかった、直ぐ行くよ！」

手拭いと着替えの下着と石鹸を用意して、玄関を出る。

富士乃湯に着くと下足棚に履物を入れて、男湯の暖簾をくぐり、番台のおじさんに入浴料を払う。脱衣室でヨシから「補欠募集の話は断ったの？」と問い掛けられた。

「色々あってさぁ！」私は、西に説得されたことを話したくなかったのではぐらかした。ヨシは「補欠募集の話を教えてくれよ！」

湯船の中でも補欠募集の話を教えてくれと言われた。

「補欠募集のことをもったいぶらないで、教えてくれよ！」とヨシはしつこく私に問い掛けた。仕方なく「実は、西に父親の年齢のことを言われて断ることができなくなった！」と答えた。

ヨシは不思議そうな顔をして「西のしつこさに凄く嫌がっていたのに？」と聞き返した。

私は「学費が都立高校の方が安いことと父親の年齢が五十八歳で高齢であることを指摘されて、反論できなかった」と肩を落として答えた。

さらに続けて「西と都立高校の補欠募集を受験することを約束したので、受験勉強をすることに決めた！」と答えた。

それを聞いたヨシは、思い悩んだ顔をして
「ふん、そうかぁ！　実は、俺も高校受験に失敗して困っている。補欠募集の話に乗るからそいつを紹介してくれ！　頼むから受験勉強の仲間に入れてくれ！」私は驚いた。

ヨシも高校受験に失敗していたことを内緒にして、高校進学を悩んでいたのだ。保谷工の補欠募集のことが気掛かりだったのだろう。都立高校の補欠募集を受験すると聞いて、渡りに船で好都合だったらしい。

翌日、西の提案により、立川市錦町六丁目の都立図書館で補欠募集の受験勉強を行うことになった。

待ち合わせ場所でヨシを西に紹介した。

「紹介するよ。一中に通学している谷川君だよ。一緒に保谷工を受験したいと言うので、連れてきた」

「わかった。一緒に勉強しよう！」と西は答えた。ヨシは「英語のことは、俺に任せろ。何でも聞いてくれ」と自信ありげに語ったので、私は内心、ヨシが英語が得意だと初めて聞いたので、「本当かなぁ」と疑ったが、結局随分助けてもらった。西が「工業高校だから、選択科目を決めることにする。俺は公務員志望だから建設科にする」と言うと、ヨシは「バイクや車に興味があるから、機械科にする」と宣言した。私は、西のアドバイスを受入れて建設科を選択した。

いつものように、図書館に向かう途中でクンチの住んでいる青栄荘の前を通った時に、四畳半の窓から「三人で何処に出かけるの?」とクンチから声を掛けられた。クンチの住む青栄荘は、木造二階建て、炊事場と便所は共同使用、玄関には下足棚があって、靴を脱いで上がる共同住宅である。

私は、「保谷工の補欠募集の受験勉強をするため、六丁目の図書館に向かっている途中」と答えた。

クンチは、「いいことを聞いた。一緒に勉強はしないが、願書を取りに行く時教えてくれ。俺もその都立高校の補欠募集を受験する」

高校受験に失敗していたので、いい機会だと思ったのだろう。

その結果、私、西、ヨシ、クンチの四人は、保谷工の補欠募集を受験することになった。

私は、中学のクラスメイトに保谷工の補欠募集に臨むことを宣言した。中学の同じ班の竹川恵子が「松君、私が受験に使った英語の参考書をあげるネ。返さないでいいよ。だから試験頑張ってネ!」と参考書を譲ってくれた。「竹川さんありがとう」と彼女の気遣いに好意を抱くようになった。同じ班の伊井田和子は、私の後ろの席に座っていた。

参考書を譲り受けるところを見て、「松君、都立高校の補欠募集の受験するんだって?何もすることできないけど、頑張ってネ」

私は、「今度の試験は、絶対に合格できるように頑張る。応援してくれてありがとう」とこんなやり取りをした。

昭和四十五年三月吉日の日曜日が補欠募集の受験日。

四人は、保谷工の補欠募集を受験するため、立川駅に集合した。国鉄中央線で立川から武蔵境に向かい、武蔵境駅の北口を出て西武バスに乗り、武蔵野女子学園前で下車して、徒歩で五分位の場所にある保谷工に向かった。そこで建設科と機械科合わせて三十数名の受験生が一クラスに纏められて受験した。試験科目は、国語、英語、数学の三教科であった。受験問題は、一月の都立高校の入試問題より、難しくなかった。

四人は無事合格することができた。

三、後頭部直撃の衝撃的な事故の回想

私は、葬儀の弔辞の中で都立保谷工業高校に入学した一年生の時の衝撃的な事故のことを語った。

「昭和四十五年四月一日、補欠募集で合格した都立保谷工業高校の入学式の前の準備は大変だった。ネクタイの締め方がわからず、何回も練習したよネ。覚えている。入学式当日は、緊張していた。

制服は、紺の背広にグレーのズボンと赤のネクタイを結んで参列した。

ネクタイの結び方を練習した成果もあって、無事に入学式が終わって良かった。西が言うように、通学も毎日通えば乗り換えがあっても馴れて苦にならなかった。一学期は無難に終わって、一年生の二学期に大変なことが起こってしまった。それは、夏休みが終わって、九月中旬のクラブ活動での事故のこと。大変だったネ。ランニング中に陸上の円盤が私の後頭部を直撃して生死に係わる事故に遭い、病院に入院した時、君が、中学時代の友人や高校の同級生と一緒に頻繁に見舞いに来てくれたことに感謝している。本当に心強かった。事故当日君は、救急車の中で……」故人に語り掛けるように回想した。

＊＊＊

保谷工の入学式は、昭和四十五年四月一日に執り行われた。

父親は、高校生活での食事のことや学費の支払いについては私の自主性を重んじていたので、係わらないことを決めていたが、私は無理を言って父親に入学式に参列してもらった。

体育館に建築科、建設科、機械科の新入生三百二十名が集まり希望に心を弾ませながら参列した。

生徒一人ひとりが名前を呼ばれ校長から合格書を手渡された。

校長の訓示のあと、担任の先生の引率により教室に向かった。

私は、Ｂ組を選択した。卒業したら就職を希望していた。

できれば地元の市役所に就職したかった。高校を選択した時と同じく安易な気持ちで将来のことを考えないで決めていた。

一学期の数学の試験問題は、因数分解の難しい試験が出題された。

私は五十五点を取れたが、まさかのクラスで一番だったので驚いた。

高校のクラブ活動は、中学校から始めていた柔道部を選択した。

二学期になった昭和四十五年九月二十日、柔道の昇段試験に府中の大國魂神社にある道場で、臨むことになった。道場には柔道を嗜む若者が集まり、柔道着に着替えて道場に集合した。

前多平蔵三多摩柔道連盟会長の挨拶。

「本日は、柔道を志す諸君の講道館、昇段試験を実施する。参加する諸君は、日ごろ体を鍛えているがくれぐれも怪我のないよう心がけて貰いたい。諸君の健闘を祈る」

と会長の挨拶のあと、参加者全員による準備体操と受け身の練習をした。

模範試合を実施した最初に対戦した相手は、私より年上であった。

審判の「始め」という合図で試合が開始された。

持ち時間は五分間、試合開始から二分過ぎにチャンスが訪れた。

組み手争いから相手の右手の袖を素早く掴み、相手を牽制した。

そして、相手の左襟を掴み、内股から小外刈りで相手の体勢を崩してから、変則の背負い投げを掛けた。主審から「一本」と大きな声で判定を受けた。次の対戦相手との試合の間、内掛けから、体落としか大腰で決めようと戦法を考えた。

主審の「始め」の合図から試合が開始された。三分過ぎに組み手争いから相手の右手の袖を素早く掴み、相手を引き寄せて牽制しながら、内掛けから相手の体勢を崩した。その時、対戦相手の姿勢を下げてから左襟を掴み、持ち上げて左袖を引きながら相手の膝が私の右足に乗るようにして、左袖を下に引いて体落としを掛けた。主審から「一本」と大きな声で判定を受けた。三人目の対戦は、相手が私より体格が良かった。苦戦したが持ち時間の五分間で決着が付かず、引き分けとなった。

模範試合は、三名と対戦して、二名には一本勝ちし、一名は引き分けだった。形の試験は、無難にこなした。

その結果、審査会では合格の判定により、初段になった。

その翌日、私は有頂天になっており、校庭を部活でランニングした際、陸上部が円盤投げを練習するエリアに侵入してしまった。

エリア内では、陸上部の二年生が円盤投げの準備を始めていた。

顧問の教師は、円盤投げをする姿勢を確認している最中で、私が投擲（とうてき）エリアに侵入することを確認することができなかった。

そして、二年生が円盤を投げると、円盤は回転しながら私の頭部に向かって飛んできた。顧問の教師は、円盤が私の後頭部を直撃すると思い、咄嗟に「危ない。止まれ！」と大声で叫んだ。

私がその叫び声に反応して、ランニングを止めて立ち止まった瞬間、後頭部に円盤が直撃した。

父親が西から聞いた話では、こんな顚末だったらしい。

その事故を目撃した生徒は、当たった瞬間「アア、死んだ」と叫んだ。

即死だと思うほどの衝撃的な出来事だったらしい。

私の後頭部の動脈は切断され、後頭部の骨が陥没したため、血しぶきとなって大量出血し、昏睡状態になって、その場に倒れた。柔道着は、鮮血で真っ赤に染まった。

「しまった！　円盤が後頭部に直撃した！」と顧問の教師が叫んだ。

顧問の教師は、鮮血に染まった柔道着を纏った私に近づき、息をしていることと私の脈拍を確認して、傍にいる別の陸上部の生徒に、「早く職員室に行って救急車の手配を頼む。それから早く手当てをしないといけないので養護の先生に、止血の手配をお願いしてくれ！」と頼んだ

頼まれた生徒は「わかりました。職員室に行って救急車の手配と養護の先生に止血の措置をお願いしてきます」と言って、急いで職員室に向かった。

その生徒は「大変です。校庭のグランドで柔

道部の生徒が後頭部に円盤が直撃して、昏睡状態で倒れました。救急車の手配と止血の手当をお願いします」と伝えた。職員室は大騒ぎとなった。

「それは、大変だ。直ぐに救急車の手配をします。養護の先生を事故現場に向かわせます」

陸上部の生徒の報告を受けた教師は、直ぐに教頭に報告した。

「教頭先生、大変です。柔道部の生徒が陸上の円盤が後頭部に直撃して、昏睡状態で倒れています。救急車の手配をお願いします」

「わかった。救急車の手配は、私がします。あなたは保健室に行って養護の先生に止血の措置をお願いしてください」

職員室から教頭が救急車の手配をした。

田無市消防指令センターでは
「こちらは田無市消防指令センターです。緊急出動は、消防車ですか。救急車ですか」

「都立保谷工業高校です。生徒が、陸上で使用する円盤が頭に直撃して、意識不明の状態です。救急車の出動をお願いします」

円盤を投げた二年生は、大量出血に呆然として立ち尽くし、ことの重大さに震えていた。養護の先生が事故現場に到着して、止血の措置をした。

そのまま救急車が学校に到着するのを待った。サイレンを鳴らした救急車は田無市消防指令センターの指令を受けて、約三分で学校に到着した。

救急隊員が搬送の準備を始めた時に、西がクラブ活動を止めて、事故現場に来て「彼とは、小学校時代からの友人です。自宅も彼の家族のこともわかりますので、病院まで同行させてください」と救急隊長にお願いした。

救急隊長から「了解した。患者はストレッチャーで救急車後部から搬入しますので、後ろから乗車してください」と指示を受けた。

西は「わかりました」と言って、到着した救急車に乗車した。

救急隊員から「患者の意識が失せないように声掛けした方がいいかもしれない」と言われた。西は「声掛けしてみます」

救急車は、学校の正門から周囲の安全を確認して出発した。

正門には陸上部の顧問と教頭先生、その他学校関係者が無事に病院に到着することと、怪我の状態から一刻も早く病院に着いて無事に手当ができるように祈って、見送った。

救急隊長は防災無線を利用して、緊急指定病院の練馬区関町の田中脳神経外科に空きベッドがあるか確認した。

「こちらは、田無市消防所の救急車です。頭部に陸上の円盤が直撃して大量出血した患者を搬送中です。受入れできますか？」と病院に確認した。

「患者の受入れ、大丈夫です」と病院は救急隊長に返答した。

救急車の中では、西は昏睡状態の私の傍にいて、「意識を失わないように声掛けをしてください」と救急隊員から言われていた。

「マツ大丈夫か、聞こえたら返事をしてくれ」

「マツ頑張れ、死ぬな」と声掛けをした。

私は、小さな声で朦朧とした状態で「ううう……」と唸り声で応えた。「返事をしている。意識があるぞ！」隊員が言うと、西は「マツ頑張れ」と声掛けを続けた。「ううう……」私は、唸り声を上げた。

「マツ、しっかりしろ！」と西が声掛けすると「ううう……」と唸り声で返答した。隊員は「意識がある。朦朧とした状態で反応している」

西は、救急車の中で私の意識が失せないように声掛けを続けていた。

「マツ、病院はもうすぐだ。心配するな」

「ううう…」私は唸り声で返答した。「頑張れ」「マツは絶対に助かる」と病院に着くまで声掛けを続けた。

保谷工業高校から練馬区の田中脳神経外科に、救急車は約九分で到着した。田中脳神経外科では、救急隊長の連絡を受けて、中田一郎外科部長と峰岸和子看護婦が待機していた。

救急車が到着すると、待機していたストレッチャーに私を乗せてレントゲン室に向かった。レントゲン技師が可動式の撮影用台に私を静かに乗せて、頭部の正面、横、斜めとレントゲン撮影をした。

直ぐに現像液でフィルムを感光させて写真を作成した。

外科部長がレントゲン室で現像した写真から怪我の状況を確認。

「動脈は損傷しているが、脳を損傷する血腫が見受けられない。奇跡的に動脈を損傷しただけで済んだ。これは、後頭部の骨の陥没によって出血した血液が脳外に搬出されたからだろう。固まった血液が血腫になって、脳を圧迫したりすることがないと予見できる。脳の働きを阻害する神経症が現れることはない。奇跡的な出来事だ！」

若い永井和夫医師は「神経の損傷も見受けられない。下半身が麻痺することもないと思われます」

血圧は低下しているので、出血性ショックによる表情を確認した。

表情はぼんやり、目はうつろになっていないかを確認。

皮膚は青白く冷たくなっていないか？　冷汗が出ているか？　唇は紫色か白っぽい？

呼吸は速く、浅いか？　脈拍は弱く、速いか？

私の容態を確認し、輸血の必要はないと外科部長が判断した。「点滴に造血剤フェインジェクトを添加してください」と峰岸看護婦に指示した。外科部長は、傷の縫合措置をするため手術室に私を搬送するように三島良子看護婦に指示した。「先生わかりました。縫合の措置を直ぐにしますか？」と三島看護婦が返答した。三島看護婦は、私の後頭部の裂けた箇所を縫合するため頭髪を剃り落とした。

直ぐに円盤が当たって裂けた後頭部を縫合する作業を始めた。

永井和夫医師は、「大量出血で傷口は深いが血小板によって、損傷した動脈は塞がっているようです」と言い、外科部長が裂けた傷口の縫合を始めた。

その時私は、朦朧としながら「痛い」と反応した。

外科部長は「意識がある。裂けた傷口を縫合するところだ。我慢しなさい」

私は、医師の指示に従って、静かにしていた。傷口の縫合が終わると頭部の傷口を消毒して、包帯を巻かれた。病室で静養することになったが、個室がないため大部屋に搬送された。三島看護婦が私の下着を取り、病院指定の着衣に替えられた。病室では、ベッドの周りはカーテンで仕切られ安静の措置がとられた。父親には、私の事故のことを担任から「松君のお父さんですか。本日午後二時頃に松君は、陸上の円盤が後頭部を直撃する事故に遭い、練馬区の田中脳神経外科に搬送されました。意識不明の重体です」と職場に連絡があった。

父親は「わかりました。息子のことが心配なので直ぐに病院に向かいます」と言って職場から病院に直行した。

父親は、病院に着くと西から事故の状況を聞いた。

学校から病院まで付き添いした西から「松君は、救急車の中で声掛けをしたら反応していたので意識はあると思います」

父親は「どうして事故が起きたかわかるか?」

西は「事故の瞬間は見ていないのでわからないのですが、居合わせた友人に聞くと松君が校庭をランニングしている時に、誤って陸上部の投擲(とうてき)している場所に侵入したみたいです」と答えた。

「そうか。何故、間違えて幸一はそんな場所に侵入したのか。誰か注意する人はいなかったのか？」と父親は、西に問い掛けた。

西は「危ない、止まれと陸上部の顧問が注意したけど間に合わなかったと聞きました」と事故の説明をした。

西は「救急車の中で、松君に問い掛けて、反応したので意識はあると思います。松君は、必ず回復してくれると信じています」と話すと父親は無言で頷くだけだった。父親は、点滴を繋がれ、頭部には包帯が巻かれた私の容態をそっと見守り、カーテンを開けて私の手を握り「幸一、早く回復してくれ！　お前は、産まれた時も逆子で大変だったけど。今度はこんな大怪我するなんて！」と囁いた。事故当日は、私が無事回復することを祈って父親は帰宅した。

私が目を覚ましたのは翌朝だった。救急車で搬送された練馬区の田中脳神経外科病院で、翌朝に病室で目を覚ました。腕には点滴、頭部には包帯が巻かれていた。窓から明るい日差しを受けて、夢の中にいるのか現実の世界か、点滴と頭部の包帯が巻かれた状態でいる私の身の上に起きたことがわからなかった。「ここは、何処なんだ」病室のベッドに横たわっていることが理解できなかった。私は、何処にいるかわからなかった。何故ここにいるのか困惑していた。

昏睡状態から覚める前、芥川龍之介の小説『蜘蛛の糸』のような長い夢を見た。天界からお釈迦さまが一本の蜘蛛の糸を地獄の血の池に下ろし犍陀多(かんだた)という罪人を助けようとした。

犍陀多は極悪人で、多くの人を殺害し、盗みを働いた男であるが、一匹の蜘蛛を踏み付けようとした時、蜘蛛にも命があることを気付き助けたことがあった。お釈迦さまは、そのことが気掛かりで、天界から地獄にいる犍陀多に蜘蛛の糸を垂らしたのであった。天界から下りてきた蜘蛛の糸を犍陀多は見つけた。「天界に行けるかもしれない」犍陀多は、蜘蛛の糸を手繰り寄せて、上り始めた。大泥棒の犍陀多には、糸に掴まり上ることは容易(たやす)いことである。上り始めて、犍陀多が何気なく下を覗くと、多くの罪人達が蜘蛛の糸に群がり、上ってきた。

犍陀多が、群がる罪人達に向かって、「お前達は、この糸に掴まるな。天界へ行くのは俺だけだ」と叫んだ瞬間、蜘蛛の糸が切れた。

犍陀多は、くるくると廻りながら地獄の血の池に落ちていった。

私は、そんな『蜘蛛の糸』のような小説に近い夢を見た。

地獄で罪人達が針の山から目的もなく血の池に向かって歩いている。

遠い天界から一筋の光が柱のように降りてきた。この光を罪人達の群れの中で、私は見つけた。

「何で、こんな場所に光の柱があるんだ！」

その光の柱の傍に行って上を見上げると、天界から人の声が微かに聞こえてきた。

そっと耳を傾けると何処かで聞いたことがある声だった。

私は、「誰の声だろう。何処かで聞いたことがある声だ！」

その声は、だんだん大きくなり、話す内容がわかるように聞こえてきた。

傍にいる罪人達も耳を済まして聴いている。罪人達は「天界から聞こえるぞ！」「お釈迦さまの声だ！」「天界に行けるぞ！」

罪人達が光の柱の傍に群がり騒ぎ出した。その声がはっきりとわかる。

「マツ、頑張れ」「マツ、しっかりしろ！」「マツは、絶対に助かる！」

罪人達は「俺の友人の声だ。地獄にいる俺のことを心配している」

「いや、俺の兄貴の声だ。兄貴が俺のことを心配している」

「父親の声だ。親父が心配している」と騒ぎ出した。

私は、疑心暗鬼から光の柱に群がった罪人達に問いただした。

「待て、お前達は知り合いからマツと言われているのか？」罪人達は、一斉に「そうだぁ！」と答えた。「マツと呼ばれているのは、俺だけだ。それにお前らと違い俺は、罪人じゃない」と大声で叫んだ。

罪人達は「嘘つけ、ヨシと一緒に悪事を働いた」

「先ずは、風呂場を覗いただろう！」

「覗いていない！」

別の罪人は「小学生の時、パチンコ屋で、拾った玉で景品を交換しただろう！」「違う。ヨシに言われて傍にいただけだ」と訴える中、その当時のことを思い出した。小学校の二年生頃の話だ。

当時、立川駅南口にカワイヤというパチンコ店があった。

店内は、軍艦マーチの音楽とチンジャラ、チンジャラとパチンコ台から玉が出る音で騒がしかった。当時のパチンコ店は、玉の補充交換を店員が行っていた。客が「玉が出ないぞ！」と騒ぐと店員が「待ってください。今補充します」と言って、パチンコ台の裏で玉を上の皿に補充する。

そんな騒がしいパチンコ店の店内で必ずリーダーであるヨシが仕切った。ヨシは、景品を交換する場所から見えないパチンコ台を選んでいた。メンバーは、私とコエ（小山英也）、シズオ（横田静雄）、あと数名いたと思う。「この台だと景品交換場所から見えない。真ん中の台より、端が良いよ。今日は、この台で弾くことにする。玉を探してきてくれ」と言ってヨシがメンバーである私とコエとシズオ達に店の床に落ちている玉を拾わせて集めさせた。その玉をヨシがパチンコ台で弾いて玉数を増やす。

誰も現金を持っていないので、只でパチンコ台を操作して商品と交換していたことになる。昔のパチンコ店は、打つ人は立って左手でパチンコ台に玉を入れて右手で玉を弾いて操作しているので、玉を床によく落とす。

足下に落ちた玉を見つけて拾う。ヨシが「床に落ちている玉を拾ってきてくれ！」と言うと、仲間達は一目散に店内を玉拾いに散開した。

私は、ヨシに言われて店の中を歩いて落ちている玉を探しヨシのところに届けた。シズオは、ヨシに言われて店の中で玉を探すが拾うことができなかった。コエは、玉を一番多く集めることができた。それには、理由がある。コエの場合は、パチンコ台で玉を弾いている大人の足下に置いてあるケースの中にある玉を少し拝借するからである。

その玉をヨシが弾いて、玉数を増やして景品に換える。

景品は、チョコレートが主な目的、明宝のチョコレートがお気に入りであった。ヨシは景品交換所で、「この玉で景品と交換したい」と女性店員に申し出た。

「子供達だけで、遊戯していたの?」と問い掛けられた。

ヨシは、「違うよ。お父さんに頼まれたんだよ。手振っているのが父親」

ヨシはあらかじめ人のよさそうな、大人に「おじさん、僕達伝言遊びをしているんだ。景品交換所の傍で手を振るから振り返してくれる?」

「面白そうだなぁ。いいよ」といった具合に見ず知らずの大人に頼んでいた。

昭和三十年代には、パチンコの玉を数える機械はなく、木製のひし形の皿に載せて玉の数を数えていた。木製の皿は、玉が均一に並ぶと玉の数が三百になる。縦二十横十五、端数が出てもわかるようになっている。

店員は、「全部で玉は五百二十五あるよ」とメモ用紙に玉数を記入した。

ヨシは、交換所の景品の手ごろなお菓子を物色して、明宝のチョコレートと森岡チョコレートとコグリアーモンドなどのお菓子と交換していた。

ヨシは、帰り際に手を振った大人のところに近づき、「おじさん、好きなチョコレートがあれば、あげるよ」

「そうか、それじゃ。明宝のチョコレートを貰うか」

カワイヤを出てから立川卓球会館の裏道に入り、分け前のチョコレートをヨシは、みんなに分配した。シズオに明宝チョコレートを分け前として渡した。シズオは、「駄菓子屋のチョコレートと味が違う」と美味しそうに食べた。

コエにコグリアーモンドチョコレートを分け前として渡した。

「このチョコレートにデカイ種がある」とコエが叫んだ。

ヨシは「ホントだぁ！　デカイ種だ。種を食べると盲腸になるぞ。コエ、吐き出した方がいいぞ！」

私は、「どれどれ、一つ俺にもちょうだい」と言って齧ると、

「アア、種ごとチョコレートが割れた。この種香ばしい味がする」

ヨシは、「マッチャン盲腸になるぞ。吐き出した方がいいよ」

普段駄菓子屋で買うチョコレートとは明らかに味が違う。

コエは体が特に小さかった。それは以前、疫痢にかかったことがあるからだ。赤痢に感染してから暫くして疫痢となり、重症化して危うく感染症で命を落とすところだった。

錦栄会商店街の私の自宅の隣がコエの自宅であった。一階は、カウンターだけのバー白馬、お店を経営するママさんとホステスが一人いる店であった。二階が自宅と言っても三坪しかない脆弱な住宅でコエは生まれた。

父親は電気工をしていたが、コエが生まれて直ぐに工事中に感電死して母子家庭となっていた。コエの母親は、私の母親が運営する洋装店の手伝いをしていた。

コエの自宅に保健所が消毒に来た。広範囲に消毒薬を散布したので消毒の臭いが錦栄会商店街に充満した。私の自宅はコエの自宅の隣なので、消毒薬が充満して咳き込むほどであった。「これは、たまらん。家の外に逃げるヨ！」と母親が叫んだ。母親と一緒に消毒薬の臭いが消えるまで外で待避したことがあった。

カワイヤでは、コエはやせ細った体で、赤ん坊のハイハイをするような姿勢で大人の足下にある玉が山盛り一杯入ったケースに近づき玉を拝借しようとした時、台を操作している大人に見つかった。

台を操作する大人が下を覗くとハイハイして下に置いてある玉が入っているケースに近づく怪しい子供を発見し、

「おいコラ、このはなたれ小僧、何をする。ケースにある玉を盗むな！」

と言って足でコエの手を踏み付けた。コエは咄嗟に叫んだ。

「イテエ。イテエ。イテエ！　おじさんの足が手を踏んでいる！」

その大人はコエの手を踏み付けながら
「玉を盗んだなぁ！　白状しろ、このこわっぱ！」と怒鳴った。大人がコエの手を踏み付けた足を上げると、すかさずコエは
「ケースから溢れた玉を戻そうとしただけだよ。おじさん。ホラ溢れた玉をケースに

戻すよ！」

と言って嘘をついて拝借しようとした玉を元に戻して、そこから急いで逃げた。ヨシのところに戻るとコエは「やばかった。ジジに手を踏まれた。痛かった。クソジジが思い切り踏みやがった」

赤くなった手を摩りながらコエは話を続けた。

「玉を取ろうとしたら。咄嗟に溢れた玉を戻すといって嘘言って逃れた！」

ヨシは「コエ賢い。上手い嘘を考えたなぁ！　流石ズル賢いコエ！」

お店では、子供達だけで遊戯していることを疑われ出した。

そのうち、「僕達、この台はあなた達で遊んでいるの？」とお店の人に疑われるようになった。ヨシは「お父さんが便所に行っているので、見張りしているだけだよ」

と言ってはぐらかした。

「本当なの？　この店は大人しか出入りできないお店だよ」と言って立ち去った。コエは、ヨシの耳元で「ヤバイよ。どうする」

ヨシは、店員がいなくなってから「このまま逃げるか」一斉に店から逃げ出した。子供達だけでパチンコ店で遊戯していることがばれたことを思い出した。


そして、罪人達は、次の悪事のことを追及してきた。

「お前は、新聞を横流ししただろう！」

私は「ヨシの紹介で新聞配達を始めただけだ！」と罪人達に答えた。

私は、その時のことを思い出した。

小学校四年生のころ、立川市立第一中学校の南側の道路付近にあった日本経済新聞と東京新聞の販売店で新聞配達をヨシの紹介で始めた。

私は、新聞販売店の主人の父親から渡された配達の順番が書かれたメモ帳を見ながら、新聞を各世帯に配達した。

「いいか。このメモ帳に配る順番が書いてある。トが東京新聞、ニが日本経済新聞だ！」と言われて、一日か二日付いてもらい配達する場所と順番を覚えた。販売店の自転車に東京新聞と日本経済新聞を積んで羽衣町、錦町、柴崎町の南側の約二百世帯の夕刊を二時間掛けて配達した。

ヨシとコエとシズオは三人で新聞を配った。

新聞配達はヨシが指示して、コエとシズオが戸別に新聞を配っていたので、効率が悪かった。三人は、余分に新聞を販売店から持ち出していた。ある程度溜まるとその新聞を焼き芋屋と卵屋に卸していた。当時の商店は、包装紙がないので、古新聞を袋状に加工して、商品を入れる包装紙にしていた。ヨシは小学生なのに、古新聞を使う商店を見つけて、新聞を横流しすることをよく考えると思った。私は「よくわからないで手伝ってただけだよ！」。罪人達は「分け前を貰っていただろう」。私は「わからないで貰っただけだ」と答えた。

ある日、販売店の店主が新聞の配布部数が足らないので、確認するようにした時、ヨシが戸別に配る新聞の部数がやけに多いので不審に思い問いただした。

「谷川が配る新聞の部数が多いぞ、何故そんなに持ち出す?」

「配布間違いがあったらいけないと思い、少し余計に持ち出しました」

主人は「嘘つけ、一部二部ならわかるが、十数部だと多過ぎる。新聞が足りない原因はお前達だったのかぁ!」

ヨシら三人は余分に新聞を店から持ち出したことがばれた。

店の主人から「三人は、もう店に来なくっていい。明日から別の人に配達を頼むことにする。このこわっぱは早く帰れ!」と言われ新聞販売店を解雇された。結局数ヶ月で新聞配達を辞めた。

私は、「中学一年生までの四年間、新聞配達を続けたので販売店の店主には信頼されていた」と罪人達に言い訳をした。

罪人達は、「そうか、まだまだ、あるぞ」次の話を始めた。

「お前は、立川の諏訪神社の夏祭りの時に、見世物小屋の裏手で女性達が食事しているところを覗いて、ヨシと一緒になって彼女達を馬鹿にして、蛇女が白米を食べていると言って侮辱しただろう！」

罪人達が私を取り囲み責め立てる。

その当時のことを思い出した。昭和四十年代の立川市内にある諏訪神社の八月末にある夏祭り。境内に屋台が並ぶ。かき氷、焼きそば、綿あめ、イカ焼き、射的、子供相手のくじを引いておもちゃが当たる店など色々な屋台が並んで賑やかであった。お神輿を担ぐ若者の群れ、拍子木の音、浴衣姿の女性達、はしゃぐ子供達、諏訪神社の境内が一年で一番に賑やかになる季節、そんな夏祭りの呼び物であるお化け屋敷と見世物小屋と回転木馬が連なって興行している。

見世物小屋の弁士が甲高い声で客寄せの呼び込みをしていた。

「寄ってらっしゃい、見てらっしゃい。お代は帰りでいいんだよ。小窓に見える怖い女達は蛇女、親の因果が祟って、蛇しか食べられない可哀そうな女達だ。アイちゃんやー、顔を出してご覧……」

弁士が小窓越しに声掛けすると「アーイ、アーイ、アーイ」と言って、蛇を持って、小窓から顔を出す蛇女。

「ホラホラ、怖いだろう、蛇を頭からバリバリ食べちゃうんだ」

弁士の呼び声にヨシが反応して「うわ……面白そうだ。マッチャン、中に入ろうぜ！」

私は、ヨシと一緒に見世物小屋の中に入ると、立見して見物できるように、演技をする場所に向かって立見場所が傾斜してある。

蛇女と称する女性が舞台で蛇を首に巻いて演技している。

先ずは、火の付いた蠟燭を口の中に垂らして、それを大きな蠟燭に吹きかけた。口から吐き出した蠟燭は火炎のように燃え上がった。

「凄い。火炎放射器だ！」観客は度肝を抜かれた。

次に蛇を頭から噛りだした。好奇心旺盛なヨシは一番前で見ていた。

ヨシは、「蛇を口に入れただけで食べていねエ！」

すかさず「蛇の頭が齧られていねエ！」と声を上げた。

蛇女を演じている女性から「うるさい子だね！　余計なこと言うんじゃないよ。はなたれ小僧！　お黙り！」とひどく怒られた。

そして、興行が終わったころ「マッチャン、裏に回って、普段何を食べているか見てみようぜ！」見世物小屋の裏手に回って、彼女達の食事を密かに確認しようとした。

「蛇女がいるぞ、食事の支度をしているぞ」

ヨシが言うと、私は、不安になって
「確認したら、帰ろうよ！」

「マッチャン待ってろよ！」

ヨシが突然彼女達に向かって「蛇女が白米を食らっている」と侮辱した。

「このこわっぱは、白米ご飯食って、何が悪い」と彼女達が言い返した。「くそ婆の蛇女。蛇なんか食べてねえじゃねかぁ！　嘘つき、いかさま！」と言ってヨシは逃げた。私も一緒に逃げた。

彼女達は、物凄い形相で追いかけてきた。

「私達だって、好んでこんなことやっている訳ではない。生きていくために、我慢してやっているんだ！　チキショー！　このはなたれ小僧！　悔しい！」彼女達は、悔しい形相というより、悲しい顔をしていた。

「違う。俺は、ヨシの傍にいただけだ」

罪人達は「じゃあ、なぜ逃げた」

私は、「蛇女を演じている人達にヨシが悪いこと言ったと思ったからだ！」と叫ぶと罪人達は、私を取り囲み詰め寄った。

別の罪人は「悪いことをしたと思ったら。何故、ヨシの行動を止めなかった」。私は「ヨシのことを止めることができない」と言い訳した。

「お前も罪人だ！　悪童だ！」

「そうだ、お前も俺達の仲間だ！」

「俺は、ヨシの傍にいただけで、彼女達を侮辱していない」

「彼女達の気持ちをもてあそぶ悪童！　地獄に落ちて当然だ！」

と罪人が騒ぎだした時、再び光の柱の傍で天界から「頑張れ」「マツは絶対に助かる」と声が聞こえてきた。私は、その声を聞いて、「西の声だ」と思い出して叫ぶと、罪人達は「違う。俺の友人の声だ！」

「いい加減なことを言うな！　俺の兄貴の声だ！」

「西という奴の声ではない！　親父の声だ！」

「西のことは、地獄で聞いたことはないぞ。多分、悪事を働いたことがない奴だ」罪人達が私を取り囲んで、「お前は西と違い悪童だ！」と叫び出した。別の罪人が「そうだ、お前は悪童だ。地獄に落ちて当然だ！」私は、「違う、違う。お前らと違う」と言うと、罪人達が私を取り囲んで、私の体を押さえて、「違わない。お前は、はなたれ小僧だ！ヨシがしたことを止めなかった」別の罪人は「こわっぱの悪党だ」

私は「西、助けてくれ！」と叫んだ。

「西は、お前を助けに来ない」

罪人に言われて、私を取り囲んだ罪人達に赦しを得るため「罪人の皆さん勘弁してください！」「お願いですから許してください」必死に叫ぶ。

突然光の柱が大きく膨らんで、私を包み込んだ。目の前が光の中で、眩しくなり、次の瞬間、私は長い夢から目を覚ましました。

私は動かせる左手で頭を触り、包帯が巻かれている状態を確認して、昨日のことを考え、学校のグランドでランニングしていたことを思い出した。何故、病院のベッドにいるのか困惑していた。絶対安静中は、点滴を交換する時に、峰岸看護婦が声を掛けてくれた。

「気が付きましたか。絶対安静中なので、暫くは点滴だけですヨ！　何か用事があったら、枕元にあるブザーを押してね」

病室の外から、人の声が聞こえた。

私の後頭部に誤って円盤を当てた二年生の母親だろう人の話し声が聞こえてきた。

重体の私の命が助かるか、後遺症が残らないか心配して平常心を失って、医者や看護婦に泣きながら話している。

それと陸上の円盤を投げた息子の将来が心配で、半狂乱になって、父親に「息子は、故意に当てたのではなく、不慮の事故です。しかし、大怪我させたのは申し訳ない」と号泣しながら謝罪していた。

「治療費は私どもで払いますので請求してください」と母親が申し出た。父親は、「息子の治療費は、傷害保険に入っていますので、付添いの費用も含めて支払うことができると思います」

母親は「保険を使わないで、私どもが払いますので請求してください」と何度も父親に頼んでいたが、父親は「ご心配しないでください」と丁重に断っていた。

母親は、何度も治療費を支払うと言っていたが、最後は諦めて父親に申し訳ないと頭を下げるだけだった。

翌日父親は、傷害保険に加入している大手保険会社の外交員に会った。

外交員は、西の母親フミだった。

「浩二から息子さんの学校での事故のことを伺いました」

「西君から事故のことを聞いて意識があると聞いたので少し安心しています。家内が一年前に急性肺炎で亡くなった時も保険で世話になった。息子まで世話になるとは何とも言い難い」

「お父さん、幸一さんの怪我の状態はどうなんですか?」

「担当医師からは詳細は聞いていないが、一命を取り留めている。外科部長から安静期間を過ぎたら詳細な説明をしてくれることになっている」

「保険は傷害保険で重症なので、一時金と入院費が給付されます。付添いが必要と思われますので、一日一万円が給付されます。一時金は直ぐに給付できるように手配します」

「家内の時には色々世話になり、息子までも世話になるとは」

「亡くなった奥さんには、長年保険で加入者を紹介して頂き、大変お世話になりました。できる限りのことを手伝わせてください」

父親は「助かります」と言って憔悴しきって、小さい声で答えた。

私の母親は生前、私のことを心配して西の母親に、私が頑固で先のことを考えない性格なので、西に学校の進路とか就職のことを助言してほしいとお願いしていた。

西の母親は、その時のことを思い出していた。


昭和四十四年一月の寒い日、西の母親は、私の自宅に、保険金の掛け金の集金に訪ねてきた。「日乃本保険の西です」と玄関の引き戸の前で挨拶した。私の母親とコエの母親（小山スズ）がミシンで洋服を加工していた。

私の母親が玄関の引き戸を開けて、「西さんどうぞ。家に入って！　今、お茶でも出すから、座って！」と西の母親に声を掛けた。

コエの母親は「西さん、先月から保険に加入したので掛け金を払うよ」と声を掛けた。

西の母親は「掛け金は、月八百円です」とコエの母親に金額を示した。

私の母親は「うちの掛け金、千円を払うよ」と月掛け保険料を支払った。

私の母親が「西さんの息子さんはいい子だから、新聞配達して貰った金を生活のために使ってくれと言って、西さんに渡しているんだって?」と尋ねると西の母親は「私の稼ぎが少ないから息子に負担させて、申し訳ないと思っている」と語った。

私の母親は「うちの息子は、新聞配達して貰ったお金は、自分の小遣いにしている。それに、高校進学のことや将来のことを、能天気だから何にも考えていない」と嘆いた。

西の母親は「息子さんもいい子だよ」と言うと

「そうかしら、能天気だよ! 西さんに頼みたいことがある。息子さんに、うちの息子を見守ってほしいの! 高校進学とか就職とか息子に助言して、理屈が立てば、うちの子は理解できるからお願い!」

母親は、私のことを心配して、西の母親に「心の絆」を託した。

絶対安静期間は、約一週間続いた。

父親は、田中脳神経外科の外科部長から私が大怪我した状態と今後の回復状況の説明を受けた。

外科部長からは、「レントゲンから脳の損傷は見受けられない。奇跡的に動脈を損傷しただけで済んだ。後頭部の骨の陥没によって出血した血液が脳外に搬出されたので、固まった血液が血腫になって脳を圧迫したり、破壊したりして脳の働きを阻害するさまざまな神経症が現れることは先ずないと思われます。意識朦朧としていますが回復できます。一応この一年間は過激なスポーツはさせないようにしてください」

父親は、その外科部長の説明に安堵し、私の早期回復を祈った。

入院は四十日間と自宅療養一週間と長く、学校に復帰した頃には十二月上旬になっていた。

五十日間の勉強の遅れは取り戻すことができず、特に測量の成績は芳しくなかった。

評定は五十二点で、留年を免れた。

学校側は、一年生の二学期の事故のことがあり、単位を落とすことができない事情があったと想像できる。入院生活は単調であった。

怪我は、少しずつ回復に向かっていった。

西は、よく見舞いに訪れてくれた。必ず誰かを連れてきてくれた。

ヨシは相変わらず毒舌であった。西と見舞いに来た時、

「マッチャンは頭がでかいから避けるのは無理だよ！」

私は、その言葉がしゃくにさわって、ムッとした表情になった。

「相変わらずの毒舌！」

別の日、西は、高校の同級生と見舞いに訪れた。柔道部の松上は、「グランドの血液がゼリー状に固まって、除去するのが大変だった。柔道着が鮮血で真っ赤だったのを落とすのに苦労した」と話したあと、黒帯をプレゼントしてくれた。

「松上君には、色々とお世話になった。鮮血に染まった柔道着の洗濯は、大変だったろう。黒帯ありがとう」

「本当に良かった。後遺症も残らないで、早く元気になって学校に戻ってきたら、勉

強も追い付くように応援するぞ」

この温かい言葉に感謝した。

暇な時間に、同じ病室に入院している老人と将棋を指した。

老人は将棋に自信があるみたいで、「落ち駒で将棋を指しても勝てる」と豪語していた。

私は、矢倉棒銀を父親から教わっていた。この戦法は、簡単な戦法であるが素人相手には有効である。

老人と将棋を指して「あんな凄い事故に遭ったのに、将棋が強い!」と言われた。結局、先手、後手とも私が勝ってしまった。

その後も老人と将棋を指して時間を潰した。

病院を退院して、十二月上旬に学校に復帰した。

同級生は、温かく迎えてくれた。

同じクラスの田原隆二は、母親にお願いして、暫くの間、お昼の弁当を用意してくれた。体育の授業は見学した。

長い入院生活で、勉強をする気力が湧かなかった。

学校の授業には付いていけなかった。

そのため卒業する時は学年で成績はビリだった。

私のことを悪く言う同級生は「奴は、円盤事故があったから特別待遇だ」と陰口を叩いた。

ヨシは、高校生活を謳歌していた。

保谷工の南側の道路の反対側の女子学園の生徒との交際を自慢していた。

バレンタインにはチョコレートを貰うと「マッチャン、昨日女子学園の典子から貰ったチョコレート、食べる?」自慢して見せびらかしていた。

会うたびに別な女子生徒との交際を話していた。

バイクで女の子を後ろに乗せてツーリングした話をよく聞かせられた。羨ましく思った。

ヨシとは、高校二年生から三年に進級する春に旅行を兼ねて九州に十一泊十二日間の旅行をした。この旅行の日程と企画はすべてヨシが計画した。宿泊先はユースホステルで会員となって専用のシーツを購入した。

国鉄は、その当時九州一周青春パックを発売していた。

その九州一周青春パックには二週間の有効期限で東京から九州までの乗車券と急行料金が含まれていた。寝台特急は別料金であった。

東京から大阪までは新幹線で大阪から別府まではブルートレイン。車中一泊して別府に到着。初めての寝台車に乗車した。

三段ベッドで私が上の段、ヨシが中段である。

大阪を夜十時に出発して、翌日の早朝六時に別府に到着。

宿泊先は別府、高千穂、宮崎、指宿、阿蘇、熊本、雲仙、長崎、佐世保、京都である。

桜島を観光した時に、豊中市在住の京都女子短大の女学生良原洋子、北洋子にヨシが声を掛けた。彼女達からヨシは「ボン」とあだ名を付けられた。宿泊先も彼女達に合わせて変更した。楽しい旅行となった。ヨシは女性に声掛けが上手い、と私は感心した。

四月七日、金曜日。熊本から雲仙に向かうフェリーの船内でテレビ放映していた選抜野球大会の決勝を観戦した。日大三高と桜ヶ丘の決勝戦は、桜ヶ丘はジャンボ中根が投手として出場していた。中学の同級生だった岡田治夫が日大三高の外野手として出場していた。岡田のエラーから得点を取られ決勝で敗退。春の選抜の決勝戦をテレビ観戦している時、思わず「同級生が選抜の決勝戦に出場している。エラーで失点」と語ってしまった。

彼女達には二歳年をごまかしていた。

「マッチャン、まずい。歳がばれる」彼女達は幸いにも気付かなかった。

九州最後の宿泊先は佐世保のユースホステル千徳別館であった。

年配の女性経営者から宿泊施設には風呂場がないと言われ、銭湯徳の湯の入浴券を貰った。「ええ、宿に風呂がない?」ビックリ仰天。ダブル洋子は、二人で顔を見合わせ、「ほな! しゃーない、銭湯徳の湯に、行こうか!」と掛け声を上げた。

四人で銭湯徳の湯に向かった。銭湯に着くと下足棚に履物を入れて、ヨシと私は、男湯の暖簾をくぐり、銭湯徳の湯の番台で入浴券を出すと立川の富士乃湯に比べて番台が低いのでびっくり、京都女子短大のダブル洋子の姿が見えた。思わず「ああー、顔が見える」とヨシが叫んだ。

彼女達もビックリ。二人は笑いながら「こっち見ないで！」と。

ダブル洋子は、女風呂の洗い場から「ボン、マッチャン二人は、用が済んだら、先にこの銭湯から出てって。お願い！」ヨシは「了解、ほんなら、先に出る時知らせるわ！」と。湯船越しに会話を楽しんだ。

銭湯から出ると北洋子が「宿に戻るのにジャンケンしながら帰ろう」と提案した。「最初は、グー、ジャンケンポン」と彼女の掛け声で始めた。私だけグーで三人はパーで、パイナップルと言って進んだ。次にジャンケンすると私はグーで三人はチョキで、私はグリコで三歩前に進んだ。戻る時ジャンケンをしながら、グリコ、パイナップル、チョコレートと言いながら戻ったけど、何故か私は、グリコしか進めなかった。一人遅れた。

ダブル洋子から「マッチャンは遅い、グリコでもパイナップルでいいから追い付いて！」と言われた。「ごめん、ごめん、ごめん」彼女達と楽しく会話をしながら、ユースホステル千徳別館に戻った。

翌日、九州佐世保から京都までは夜行列車で行き、京都は、京都ビジネスホテルで一泊して彼女達の案内で、京都観光を楽しんだ。

翌日は、新幹線で東京まで。お土産を買ってもらい楽しい旅であった。普段女性との係わりがない私は、容姿に自信がないのでヨシの傍にいるだけで近づけたと思った。女性から見たら口数が少ないし、話題もないつまらない魅力に欠ける男だと思っていたので、長い時間一緒に過ごしたのは初めてだった。

楽しい旅行で、春休みが終わって三年生の始業式に同級生に写真を見せびらかして自慢した。

クンチは、難しい本を好んで読んでいた。

特に、アルベルト・アインシュタインの一般相対性理論から特殊相対性理論の話題になると話が長くなる。

ある時、クンチの青栄荘に西と遊びに行った時相対性理論から宗教、そして音楽の話をした。私は、いつものように、彼の話を聞くだけであった。

「マッチャンは、光速度不変の原理のことわかる?」

「クンチは、相変わらず小難しい話をするなぁ」

と西が胡散臭い顔した。

私が「わからん!」と答える。

「時間は場所と空間によって流れ方が違うんだ」とクンチが言うと、
私は、「一緒だよ! 時間の流れが違ったら不便だよ!」と答える。

「速く動けば動くほど、周囲に対する時間の流れが遅くなるんだ」

西が「クンチは理屈っぽいから、そういう話が本当に好きだなぁ!」と言う。

私は、「時間の流れは不変で変わらない。何故、そんなことが起こるのか理解でき

ない」と反論すると、

「動きが加速し、光の速さに限りなく近づくと別の空間と場所から見てほとんど止まって見える」と理解不可能な理論を勝手に話す。

西が「相変わらず。光の速さとか空間とか時間の流れとか一般相対性理論とか小難しい話になると止まらない」と呆れた。

私はクンチの話を聞くだけで理解することは、できなかった。

クンチは、般若心経と相対性理論についても話をした。

クンチいわく、アインシュタインが論じた相対性理論よりもはるか昔、お釈迦さまは般若心経の経典で物質の真理を説いている。

西は「相対性理論から般若心経の話か。えらく話が飛んだ」というと、クンチは「色即是空とは、物質とエネルギーのことだよ。空即是色とは、エネルギーと物質のことだよ。空とは、エネルギーだよ。不生不滅・不増不減とは質量とエネルギーは同等で、物質は変わっても相対的質量は変わらないと説いている」と熱く語った。

私は「難しくってわからない」とぼやいた。

相対性理論の中の一つの理論と同じ理論を般若心経では説いているとクンチは語った。

そして「般若心経と相対性理論は同一真理なんだ」と熱く語った。

西は「般若心経と掛けて相対性理論と説くその心は、空・不生不滅・不増不減となる」と答えた。

クンチの話を聞いて私は、般若心経には、現代物理学に通じる共通の真理があると説明されて益々理解不能に陥ってしまった。

そして「般若心経のお題目に物理学の真理があるなんて信じられない。キリスト教が地動説を認めなかったように宗教と物理学は相反するものだと思うけど。だから余計に理解できない」と反論した。

私は話題を変えて「般若心経では死後の世界なんて説明しているの?」と聞くとクンチは「般若心経では、死後の世界は無、誕生する前も無と説いている」と答える。

西は「クンチと同感かなぁ?」と答える。

私は「宗教なのに天国とか地獄の教義がないの?」と問い掛けた。

クンチは「般若心経での教義は、年を取ることは成長すること、死後は無、つまり存在しない。生まれる前も無、つまり存在しない。天国とか地獄は存在しないと説いている」

さらにクンチは「ビートルズのジョン・レノンが作詞作曲した新曲の『イマジン』という曲は般若心経の影響を受けているよ!」と語った。

「何で、そんなこと言えるの!」と私は、クンチに反論した。

クンチは、部屋にあるギターを取り出して、曲の和訳の歌詞を弾きながら歌った。

「マッチャン聴いてわかるだろう?」

私は「わからん」と反論した。

クンチは「ジョン・レノンは、天国も地獄もない自分達の生き方を想像してごらん、と訴えているんだ!」

西は「話が面白くなった」と言った。

クンチは「これは、般若心経の真理だよ！」と語った。

私は、「クンチは、ジョン・レノンが作曲した歌と般若心経を無理に結び付けようとしている！」と反論した。

クンチは「無理に結び付けてない」と答えた。

西は「天国も地獄もない。そこにあるのは空（くう）だよ」と口ずさんだ。

クンチは「歌詞を読めば、般若心経の真理があるのがわかる」

西は「般若心経の無色無受想行識、無眼耳鼻舌身意、心無罣礙、無有恐怖」と口ずさんだ。

クンチは「心を妨げるものはない、恐れさせるようなものがあることもない」と私に熱く語った。

私は「ジョン・レノンは、イギリスのリバプール出身だよ。般若心経と接点がない」と反論した。

西は「ジョン・レノンの嫁さんは、日本人女性だ！」と何気なしに告げると、

「もしかしたら、彼女が『イマジン』の作詞に係わったのかなぁ」とクンチが想像した。

私は「キリスト教は死後の世界を説いているよね。ジョン・レノンはキリスト教徒じゃないの?」と問い掛けた。

「ジョン・レノンが熱心なキリスト教の信者かどうかわからない」とクンチが答えた。

クンチは『イマジン』の四番目の歌を口ずさんだあとに、

「何も所有しない。欲張らない。これは、般若心経の以無所得故の心理を歌にしたと思うよ。それから、物事は何も得ることはない、物心ともに執着のない爽やかさも般若心経の心理だと思うよ」とクンチは語った。

私は「ジョン・レノンはイギリス出身で、幼いころからキリスト教の影響を受けているとすれば、聖書の天国の見解があるはずだ!」と反論した。

「どんな宗教でも死後の世界観はある。般若心経では、地獄や天国など死後の世界観は現世のことを述べているんだよ」とクンチが語ると、
私は「宗教なのに、死後の世界観がないのはおかしい」とさらに反論した。

クンチは「般若心経は、人の道にそれないように戒めで死後の世界観を説いているんだと思うよ！」と説明した。

「マッチャンに言っても理解できないと思うが、般若心経とキリスト教は完全別物だよ。その後日本で生まれた仏教は、お釈迦さまの真理と違うと、俺は思っている」

とクンチが語ると、私は
「般若心経とキリスト教が別物って言うけどわからん。説明して？」

と問い掛けた。

クンチは「般若心経は哲学、キリスト教は宗教だよ。色即是空とは、万物の実体は存在しない。つまり空だよ！」と答えた。

西は「空即是色とは、固定的な実体がなく空であることで、初めて現象界の万物が成立するという」と相槌を打った。

「うわー、クンチの話は難しい。理解できない。またの機会にして！」

いつも理解できない時は私から話をそらすようにして、話題を変えた。

私と西は話が終わると青栄荘を出てそれぞれ家路についた。クンチは、保谷工の機械科での成績は常に上位で五番以内であった。

四、生まれ育った立川を離れての回想

私は葬儀の弔辞で、高校を卒業してから社会人として就職した時の話を始めた。故人に語り掛けるように！

「西は、東京都の一般職員（高校卒程度）採用試験に合格して水道局に勤めることができたよね。俺は地元市役所の採用試験に不合格になり、生まれ育った立川を離れた……」そして回想した。

＊＊＊

私は地元の市役所の採用試験を受けたが不合格になり、卒業後の就職先を失った。学校の原山先生にお願いして民間会社を紹介してもらい、調布市にあるポーラスコンクリート製品を製造する会社に就職した。

生まれ育った立川を離れて、寮生活を始めた。

自分の思いどおりにならないことが辛かった。

群馬県の館林に会社の主力工場がある。主力工場で、研修を兼ねて、コンクリート製品を打設する作業に約二ヶ月間派遣された。

毎日くたくたになるほど働いた。古参の作業員には些細なことで叱られた。

ある日、一年先輩の社員と些細なことで言い争いになり、殴り合いの喧嘩をした。

西からは何回か連絡があったが、話す気も起きず、一方的に妬みを含んだ言葉を投げ付けることしかできなかった。心が荒んでいた。

就職してから九ヶ月目のある日、西が、頼みもしないのに、東京都公務員二次募集の願書と択一問題集を、私が勤める調布市深大寺北町のコンクリート会社の調布寮に届けてくれた。

私が他の社員と寝泊りしている二ＤＫの部屋を誰かがノックした。

「今ごろ誰だろう。午後八時だぞ」

「私が見てきます」

と扉を開けるとバイクヘルメットをかぶった西がドアの外に立っていた。

西はいきなり「マツ、昭和四十九年度東京都一般職員（高卒程度）追加採用試験の願書だ！　二月に採用試験あるから応募しろ！　それから択一問題集があるので勉強しとけ！」

私は、突然西が訪ねてきたので驚いた。

それも頼みもしないのに昭和四十九年度東京都一般職員採用試験の願書を持ってき

てくれたので、挨拶もできないで呆然としていた。

あまりにも突然なので自信がなくキョトンとしていた。

「ええ？　地元の市役所の職員採用試験に落ちているので自信がない」

下を向いて小さな声で答えた。

西は、「心配するな。試験前日に俺の家に泊まり、直前対策をして臨めば大丈夫！」

と私の肩を叩いて、乗ってきたバイクで帰っていった。


会社には、二月一日付けで退職届けを出した。

社長の息子である課長に、

「東京都一般職員採用試験を受けるので会社を辞めます」

と告げると、課長からは
「採用試験前に辞めて大丈夫なのか？　公務員試験は難しいぞ、馬鹿が合格する訳ないぞ！」と笑われた。

会社を退職したので自宅に戻った。

父親の紹介で、造園会社でアルバイトを始めた。

スコップやツルハシを持って整地作業をした。

アルバイト先の造園会社で八トンダンプトラックの運転を頼まれたが、運転したことがないので断った。

造園会社の親方に操作は簡単だと言われ、エンジンの掛け方を教わった。

ダンプトラックの運転席は、普通乗用車より高い。運転席は、見晴らしが良かった。断ればいいのに初めて運転する車。

現場から造園会社の駐車場に搬送するだけということだったので、渋々運転することを了解した。甲州街道を右折しようとしたところ、後ろから乗用車が私の運転するダンプトラックを追い越そうとしてなんと車体をぶつけてきた。乗車していたのは、中年の威勢がいいご婦人。

「あんたの運転の仕方が悪いのよ」

いきなり捲し立てられた。
私は、反論ができずに、黙って立ち尽くしていた。
造園会社の親方は、警察と保険会社を呼ばないで、いきなり示談にしてしまった。
修理工場も相手が指定した会社に持ち込んで、言われるままに修理を頼んでしまった。
申し訳ないと思ったが何も言えなかった。
親方は「心配するな。無理に頼んだ私が悪かった」
ダンプトラックを造園会社の駐車場に置いて私は帰宅した。
会社には申し訳ないと思ったが、初めての自動車事故であった。

五、直前対策から試験当日そして都庁の回想

私は、葬儀で試験前日のことを語り始めた。

「試験前日に西の家で、水田と二人で直前対策してくれた。その時二人が予想した専門科目の課題が的中したから、東京都一般職員（高卒程度）追加採用試験は、二百数十名が受験して合格者名簿三九名中八番で合格できた。試験で一桁の順位は初めてだった。この試練を乗り越えられて、東京都の職員になれた。西との友情の絆があったからだ……」

直前対策から試験当日、そして、都庁に採用された苦難の日々を回想した。

＊＊＊

試験の前日の土曜日に西の自宅で、直前対策をした。

「試験は、択一より語句説明のポイントが高い。だから専門科目でいかに得点を稼ぐかが重要だ。専門科目は、五題中三題の選択なので測量、施工、コンクリートを選択する。測量は、トラバース計算。施工は、開削工法。コンクリートは、水セメント比を予想したが、西どう思う。それから水利と土質は除外した」と水田が尋ねた。

「それでいいと思う！　語句説明は間違ったことを書かないで箇条書きにして羅列する」と西は相槌を打った。

私は、二人が言ったことをメモ書きした。

水田は「施工の回答にメリットとデメリットを記述して、施工例を記述すれば満点

だよ」とアドバイスし、

西は「開削工法のメリットは、工事費が安く工期が短いのが特徴、施工中に障害物に遭遇した場合も容易に対策ができる。デメリットは、騒音・振動公害、交通遮断による交通渋滞、地盤沈下など、影響を及ぼすことと記述する。施工例としては、昭和二年に開業した地下鉄銀座線であると記述すれば満点だ！」

と前日の直前対策を夜遅くまで行った。

翌朝、西と水田に見送られて、「マツ、頑張れよ」と西に肩を叩かれ、西の自宅を出発した。

西の自宅がある福生から蒲田の日本工学院まで、語句説明を電車で復唱しながら、お題目を唱えるように「開削工法のメリットは、工事費が安く工期が短いのが特徴、施工中に障害物に遭遇した処置も容易に行える……」とぶつぶつ口ずさみながら試験会場に向かった。

試験会場である蒲田の日本工学院の採用試験には、二百数十名ほどの受験者が集まっていた。

試験は、一般教養が二時間ほど、専門科目が一時間半ほど、面接が三十分であった。

午前十時に試験開始。一般教養は問題の六割は回答できたと確信した。

午後から専門科目の語句説明は、水田と西が予想した問題が出題されたので、私は驚いた。水利と土質は問題が難しく、とても語句説明の記述ができないので、除外して正解であった。

五題中三題の選択問題を回答できたのは二人のお陰と感謝した。

面接で面接官に語句説明の回答が上手く回答できたと話すと
「あなたの話を伺うと高得点だと思います。これは、期待したほうが良い」と語ってくれたので、希望に胸を膨らました。

東京都人事委員会からの通知が三月七日にあった。

追加採用候補者（土木）名簿三十九名中八番と記載された通知であった。

試験で一桁の順位を取るのは初めてだった。

名簿に記載されたことで安心してヨシの誘いで京都に泊まりがけで遊びに行った。京都旅行は一泊二日の旅行。南禅寺で湯豆腐食べて、清水寺、金閣寺、銀閣寺、二条城を拝観して京都タワーホテルに宿泊した。

旅行から帰ると水道局総務部人事課から面接の通知が自宅に届いていた。第一志望の水道局の面接日に間に合わず採用候補者から除外された。

私は、顔面蒼白になって「折角東京都の採用試験に合格したのに、バカなことをしたんだ」と悔やんだ。父親からは「こんな大事な時に浮かれて京都に遊びに行って、どうすんだ！」と酷く怒られた。

父親に土下座して「合格通知が来たので浮かれてしまった。申し訳ございません」と謝罪した。父親は、「東京都人事委員会に水道局の面接日を間違えて行けなかったと申し出なさい」と諭された。

私は反省して「わかりました。お父さんに言われたとおり、東京都人事委員会に申し出てみます」と言った。

公衆電話から問い合わせると名簿は一年間有効とのこと。

それから数日すると、財務局の面接通知が自宅に届いた。父親に、財務局の面接通知が来たので今度は面接を絶対に受けると宣言した。「良かった。幸一、このチャンスを逃すなよ」と父親に励まされた。


面接は、有楽町本庁舎七階の財務局総務部職員課で行われた。

面接には、私の他数名の名簿に登録された候補者がいた。

私の順番になったので面接室に入ると、面接担当職員から「これから勤務する境界確定課は測量が主な業務です」と説明があった。

内心穏やかでなく、一番自信がない業務で不安を感じていたが「得意の科目で自信があります」と嘘をついた。

それから数日経って採用通知が届いた。

採用通知が届いた翌日、西に会った。水道局の面接日に行けず困り果てていたら、財務局から面接通知が来て採用されたことを西に話すと「マツ、良かったじゃないか！」と喜んでくれた。

「だけど測量が主な仕事と言われて困っている。保谷工の時の測量の評定は五十二点だったので、専門科目で一番苦手だった」

「心配するな、仕事は慣れだよ。勉強とは違う。俺も水利は得意じゃなかったが慣れで覚えた」

私は「そうかなぁ」と戸惑いを感じていたが

「マツ、仕事は頭で覚えるんじゃない。五感だ」

「五感と言われてもわからない」

「五感とは、般若心経では眼耳鼻舌身（げんにびぜっしん）だ」

「眼耳鼻舌身と言われてもよくわからない」

と答えると、西は、

「先ず眼で見る。耳でよく聞く。鼻で匂いを嗅ぐ。舌は味を感じる。身は触れることで覚える」

「では、俺はどうすればいいの?」

「測量のやり方は、先輩がしたことをよく見る。話をよく聞く。鼻で雰囲気を感じる。舌で味を感じるんではなく先輩と食事して和むこと。身は触れること、機械や道具に触ることで覚える」

「理屈が立っても仕事ができない人を職場で見てきた。マツ、心配するな。入都したら五感を使って仕事を覚えれば、第六感がやどる」

「第六感のことがわからない」

と疑問を西に投げ掛けた。

「第六感とは、直感、勘、鋭く物事の動きを捉える心の動きだよ。そうすれば発想を変えた素晴らしい提案が生まれる」

「測量の評定が五十二点だった俺にそんな鋭い感覚が身に付くかなぁ」

「心配するな、先ずは五感だ！　頑張れよ！　折角、都の職員になれたんだから」

と西に励まされて不安を感じていたことが解消された。

昭和四十九年四月一日、東京都体育館での都庁入都式に参列した。財務局だけでも十数名の土木職を採用していた。

入都式が終わると職員課の引率者の案内で配属先に向かった。配属先は、本庁舎ではなく、千代田区有楽町銭瓶庁舎であった。

財務局用地部境界確定課は、職員は約百数十名の大所帯の課であった。

中田係に配属された。係員七名であった。二十三区の担当地区は、港区と大田区。三多摩は八王子市、調布市、小平市、三鷹市を担当していた。

次席は、青森県五所川原出身の、私より十二歳上の山内主任。東北弁が強く、言葉を理解するのに苦労した。

仕事は、東京都に都民から道路・水路等の公共用地境界確定申請があると申請地に行って、申請された公共用地に隣接する土地所有者と現地立会して承諾書を徴収する。境界を合意により決めたあと、五十メートル巻き尺と測量ポールで測量して境界図を作成して納める。

申請者は、境界図の証明を申請して、分筆登記、建築確認等の手続に使用する。立会により確定した境界点は、申請者の費用負担により永久標識となるコンクリート杭等を設置する。境界図の証明は、一メートル当たり証明費用が掛かる。現地を実測した平面図が必要で、測量計算もタイガー計算機から電算機を使用する時代に変わっていた。さらに、卓上型から電卓の大きさに。

苦手な測量計算を克服するヒントを与えてくれたのは、保谷工の補欠募集で一緒に入学したクンチであった。クンチは、日本大学の理工学部に進学していた。授業でプログラムが組める電卓を使っていた。

東京都に勤めてから二年目のある日、クンチが自宅に訪ねてきた。

プログラム電卓がいかに便利か説明してくれた。

クンチは、「この電卓は、プログラムモードで数式を入力して、マニュアルモードで計算をするんだ」

私は、クンチの説明を聞き実際に操作している時「便利だな」と答えた。

「数式は、公式でいいんだよ」

私は、その電卓に興味を示した。

「俺も購入してみるよ！」

そして、同じ電卓を購入し、仕事に使うようにした。

プログラム電卓を購入して、操作に慣れてきた時に、山内主任と測量計算を関数電卓とプログラム電卓ではどちらが早くできるか競うことになった。山内主任は「測量の計算式もろくにわからない松には、負けない」と豪語した。山内主任は関数電卓を使い、私は購入したプログラム電卓を使用して、どちらが早く測量計算ができるか競い合うことになった。測量計算の知識がなくてもプログラムモードで数式を入力してから計算をする方が早くできた。

それまで、不器用だとか愚図だとか言われていたが、その競い以降は、山内主任から言われなくなった。その後、計算機も技術の進歩により高度化された。

私は、計算機の性能が向上する度に買い替えた。それは私の仕事に大いに役に立ち、職場での信頼を得られるようになった。測量プログラムも身近な業務に対応できるように改良してきた。今までの測量計算は、座標値をその都度入力する方法だったが、座標値をメモリに番号登録する方式にプログラムを改良した。

この方法だと先に座標値をメモリに登録した番号により計算するので効率的であった。登録した座標値は、電源を切ってもメモリを消去しない限り、何度でも呼び出して別の測量計算に使えた。また、登録番号を入力する時に、マイナス数字を入力すると別な測量計算に、ショートカットできるようにプログラムを改良した。測量計算に大いに役に立ち、その後、都知事に称賛される大きな功績に繋がった。

だが、田寺係長に代わってからは、以前なら私の意見が通ったことがことごとく否定された。境界の決め方の判断基準の違いから田寺係長と対立。

「田寺係長の境界の決め方では、公図に厳密過ぎる。公図が作成した当時の測量技術では、図面精度が悪いため、現在の地形を考慮して境界を決めないと地権者と協議ができない。今まで平穏無事に通行できた道路が民地に入ることになり地権者と争いが生じる」

と私が言うと、田寺係長は、

「公図が不動産登記の基本だ。私達は、登記資料である公図を厳密に示して、地権者を説得しないといけない。登記簿の面積と公図の形状が境界の根拠だ」

と強く主張した。

意見の対立は、解消されなかった。

それと境界図に座標値を表示するようになったことに伴い、図上の距離の整合性を検証するため、測量計算できる計算機を職場で購入することになり、計算機の選定では、私が推奨する製品が除外された。

計算機の設定では、担当係長と激しい口論になった。

私は、「係長が推奨する計算機は高額で、台数が足らない。二係に一台では、境界図の距離と座標値との照合作業が遅延してしまう。私が推奨した製品ならば係に一台配布できる」

と主張すると、担当係長は、

「備品として登録できる価格にしないと、職員が職場から勝手に持ち出した場合があると困る」

「職員のことを信用していないのですか？」

「職員のこと信用していないとは言っていない。二係で一台あれば、足りるだろう」

「職員は、自分の席を離れて作業しないといけないので不便です」

「使用する順番を決めて作業すればいいんだ。それにプリンターもセットしたので計算結果を印刷できる」

「計算結果を印刷したところで、効率的ではない。要は図上の距離と座標値との整合性を検証できればいいのです」

「私が選定した計算機に対して、あなたは協力的ではない」と怒鳴った。

「高額な計算機を購入しても測量プログラムがないと計算作業の役に立ちません！」

と私はムキになって強く反論した。

「だから協力してくれとお願いしているんだぁ！」

「測量プログラムは、メーカーによって、プログラムの組み方が違うので、直ぐに使えるようにならない」

「松さんは、測量プログラムを組んでいると聞いている」

「私が作成したプログラムは、私が個人で購入した機器しか使えません。他のメーカーの計算機に使用できるようにプログラムを変更するには、時間が掛かります」

と担当係長に反論した。

「先ほど言ったけど、松さんは、測量プログラムを作成していると聞いている。職場のためにご協力してください」

「協力できません。私が作成したプログラムをそのまま使えない」

「何故、協力できないんだ！」

「プログラムの組み方はメーカーによって違います。先ほど言いました！　私が作成したプログラムは、私が推奨している製品しか使えません！」

「あなたが推奨した製品の価格は消耗品になってしまう。職員が私物化して、自宅に持ち帰ってしまう恐れがあるので、購入できない」

「やはり、職員を信用していないじゃないですか？」と反論した。

「職員の信用問題ではなく、台数が多くなると、機器の管理が大変だ。保管に支障をきたさない台数に制限しただけだ。備品台帳に掲載できる価格にするため、一台十万円以上の価格にしただけだ！」

「係長の機器の選定は、境界図の座標を照査するなどの測量計算業務のことを考えていないじゃないですか！」

「考えているから計算機を購入する手続きを始めているんだ！」

「係長は、考えていません。計算機はプログラムがないと只の電卓です」

「松さんが職場で今度購入する計算機に測量プログラムを組んで、作業できるようにしてください」

「できません。私が推奨する製品ならば直ぐに測量プログラムが使えます」

と意地を張って反論した。

さらに、私はムキになり強い口調で
「係長が推奨する機器は、価格が高いだけで、職員が直ぐに使えない。プログラムのことを考えていない。購入した高額の計算機は、絵に描いた餅です」

「お前！　俺を馬鹿にするのか！　わかった。協力しないなら、それで結構だ。プログラムの作成は、お前には頼まない」

と怒ってしまい、その日以降、担当係長は、私を無視するようになり気まずい関係となった。結局私の意見は、聞き入れてもらえなかった。

職場で導入した高額な計算機に私は触れることはなかった。

私が作成した座標登録方式の測量プログラムを職場で活用する手立てを失い、憔悴した気持ちになった。

田寺係長との対立と計算機の選定に関与できなかったことでこの職場に留まることに意欲を失い、異動希望を出す決意をした。


そして、財務局から建設局への異動となった。

建設局に転勤して、配属先は青梅にある東京都青梅土木事務所の工事二課の測量係に配属された。渡部係長は財務局用地部測量課に在籍したことがあるので、測量業務ではベテランであった。座標登録式の測量プログラムの操作性が優れていることを認めている。

分筆登記の地籍測量図の三斜面積計算や現地の幅杭設置などの測量作業での計算は、シャープのポケットコンピュータで行った。この計算機は、異動する前に、前職場で購入してほしいと推奨した計算機だった。座標登録式測量プログラムの操作性の良さは、工事二課の職員も認めていた。

渡部係長は「松君、この計算機のプログラムは素晴らしい」と誉めてくれた。そして、私に交点計算や面積計算作業を依頼していた。

その後、羽村瑞穂工区、補修課と異動した。私が作成した座標登録式の測量プログラムは、工事現場での位置出しや仮設道路の面積を算出したりする作業でも多いに役立った。構造計算、舗装設計は苦手であった。

補修課工事係の時、建設局の技術体験発表会に大粒径砕石マスチック舗装の試験舗装の技術発表の大役に、望まないのに経験の浅い私が携わることになった。試験舗装の設計は、設計係が業者と相談しながら行った。

私は工事係として担当しているだけで、業者との試験舗装の打合せにも参加していない。試験舗装の概要すらわからない状況で、まさか、私が技術発表することに戸惑いを感じていた。

「何で設計も担当していないのに！」

道路の舗装設計もしたことがないので、建設局の技術体験発表会で発表することができなかった。結局、業界新聞に業者との共同執筆ということとなった。補修課長や補修課の組合の幹部からは、「こんなことができないで土木技術者として恥ずかしくないのか！」と窘められた。

その後、補修課で職務を続ける気力を失うと同時に、補修課から工事一課の測量係に異動した。建設局に嫌気が差して、財務局への異動希望を出した。財務局への異動が決まった日に、庶務課の女性職員から「副所長が松さんに用事があるので、所長室に来てください」と言われたので、所長室に入ると副所長がいた。私は、「私に何の用事ですか？」と尋ねた。

副所長は、「座れ！」と所長室のソファーに座るように指示した。

私が副所長の前に座ると

「お前みたいに使えない技術者は、建設局では必要ない。それに採用された財務局に戻れることをありがたく思え。建設局に異動希望を出してもお前を取らない」と言われた。面と向かって能力がないと言われ、反論することもできず、失意の転勤となった。

建設局から十年ぶりに古巣の財務局に異動したが、昇任試験に合格していないこと、補修課に在籍した時に仕事ができないと言われたことに自信を失い、喪失感でむなしい、辛い異動であった。十年の歳月で、都庁は、有楽町から西新宿に移転していた。

そんな落ち込んだ気分の時に、西とは立川駅で乗り換え時にすれ違うことがあった。お互いに「元気でいるか」と挨拶を交わす程度であった。私は、建設局から財務局に異動した時は、友人として悩みを話すことができないほど落ち込んでいた。西には友人としてあの時もっと話しておけば良かったと後悔した。こんなやり取りをしていたが、その後、西が末期癌で闘病生活をするとは、その当時は想像することもできなかった。

六、末期癌での闘病生活の回想

私は、葬儀での弔辞の語りで西が末期癌で闘病している立川病院の見舞いのことを話し始めた。

「保谷工の同級生の水田から、末期癌で立川病院に入院していると手紙を貰った。西のことが心配になり、病院に見舞いに行った時に、小学生の頃の新聞配達の話とか、仕事や組合活動での苦悩、中学校時代の恋愛の話や高校での想い出を語り合ったよね。最後面会した時は、君は衰弱して……」

故人に語り掛けるように、そして回想した。

＊＊＊

立川病院の面会は、守衛室で病室と患者名と面会者の氏名と連絡先を記入して入室した。本館のエレベーターに乗り五階で降りた。十一号室で相部屋であった。西は、病室のベッドに座っていた。

西の身の回りの世話を母親フミがしている。

西は「おふくろもういいよ、俺一人で大丈夫だよ！」

母親は「コウチャンは、先生が言ったこと守らないから心配だよ！　ちゃんと病院の食事を取って、治さないと！」口うるさく言っていた。

私は「お母さん、お久しぶりです。小学校、中学、保谷工、同じく東京都の職員になった松です」と挨拶した。

「松さんも言ってください。先生の言うこと聞くように浩二に言ってください」と言いながら身の回りの世話をしていた。

西の母親が「家に帰るよ！」と言って病室を出ると、西に「水田から送られた手紙に末期癌で立川病院に入院していると書いてあった」と言った。

西は、明るく「医者には、余命三ヶ月、頑張っても、六ヶ月と言われた。二週間前、胃の半部も癌が転移して、手術で切除した」と笑いながら語った。

「そうだ、立川病院に入院する前、末期癌にいいところだと聞いて、東北の湯治場、『銀河鉄道の夜』の作者宮沢賢治ゆかりの岩手県大沢温泉に嫁さんが車を運転して、おふくろと子供も一緒に泊まった。良かった」

私は、只黙って聞いていたが、「何処が良かった？」と尋ねた。

「大沢温泉は自炊ができるんだ。建物は、二百年前の茅葺だから情緒があって良かった。宿泊費も安い。宮沢賢治が通った蕎麦屋の天ぷら蕎麦が美味しかった」と西は楽しそうに語っていた。

何気ない話から小学校六年生の時の話題になった。
小学校の担任本橋美千代教師の生徒への酷い対応から始めた。西は「小学校六年三組の本橋教師は、えこひいきが酷かった。親の職業や父兄会での発言力で生徒の対応が違っていた」
と語ると、私は
「俺は、通信簿に身支度がだらしない。歯を磨かない。物忘れが多い。物の取扱いが下手。直ぐ汚したり壊したりする。どの学科も授業中は消極的。私語が多い。漢字の練習不足。言語表現が不得意で発表するが真面（まとも）な発言ができないと酷い評価だった」
と語る。西は
「マツと同じく。物を壊す。発言しないとか酷い評価だった」
私はさらに
「スポーツは好きなようですが、ソフトボールでは活発に動くがぎこちないと通知表に書かれていた」

私は、活発に動くがぎこちないと通知表に記載されたことが子供ながら嫌だった。

本橋教師からの酷い評価のことをお互いに懐かしく語った。

小学校六年生での学校給食でのこぼれ話では、西は
「給食の時、生徒には残さないで全部食べなさい。賢くなるには米食よりもパンを食べなさいと本橋教師は言っていた」と言った。

「でも本橋教師は給食を頻繁に残してた。パンを特に残していた」

とお互いに小学校のこと思い出していた。

また、共に小学生から中学生の時に新聞配達をしていたことも話した。

私は、日本経済新聞と東京新聞の夕刊を配達していた。西に、「朝日新聞を配っていたよね」と尋ねると、

「朝日じゃない、毎日新聞の朝刊を配っていた。新聞代金の集金の時は、店主から小遣いを貰えた。その日に貰えたからやりがいがあった」

と懐かしく語っていた。私も同感だった。面会時間が経過して、帰る時間になったの

で立川病院の外に出ると、外は暗かった。暗い夜道を歩いていると涙が止まらなかった。

西のお陰で東京都一般職員採用試験に合格できて共に定年退職することができると信じていた。西が末期癌の闘病生活を送るとは……今まで西に助けられてきたが、末期癌になった西を見守ることしかできない歯がゆい気持ちと、西に恩義を感じていたことを伝えることができない。

この切なさを耐えるしかないと思い、西に「今まで、ありがとう」と涙ながら呟き、真冬の暗い夜道を歩いて家路についた。

次の週に立川病院に見舞いに訪ねた時に先客がいた。

先客は、組合関係者であった。

西は、水道局の労働組合の役員を今でもしている。

西の誘いで水道局労働組合主催の丹沢日の出登山や千葉県富津市のマザー牧場の一泊バス旅行に参加したことがあった。

組合員減少に歯止めをかけるため組合員確保のイベントの話をしていた。

西は、韓流がブームだから韓国旅行の企画を助言していた。

「兎に角、組合員の減少を防ぐため、組合から補助を出して、一泊二日の韓国旅行などの企画を増やすことだ」

「わかりました。企画書ができたらまた見舞いに来ます。お体に気を付けてください」

「わかった。ご苦労さまです」

そんなような話を組合関係者としていた。

組合関係者が帰ったあと、西は「組合員の減少と、当局は水道事業の民営化を進めようとしている」と語った。

組合活動の山積した問題があると語ったあとに、保谷工の辛い虐めの話をした。

西は、私と同姓の松からの、陰湿な虐めのことを話した。外から見えない場所で殴られたり、蹴られたりしていた。

その虐めを目撃した時があったが、それも一人でなく数人で虐めていた。同姓の松から「お前は同姓でウザイ」と言われ逆に虐められることを恐れて止めることができなかった。

西にとってこの時の試練は大きな意味をもった。「高校時代の辛い虐めのことを忘れることができない。最後、お前を虐めるのに飽きた。申し訳ない。悪かった、と松が言った時。俺は、奴に勝ったと思った」

西は、その時の経験のおかげで組合活動でどんな辛いことがあっても、挫けない強い意志を抱くことになったと誇らしげに語った。

私は、建設局青梅土木事務所から財務局用地部境界確定課に失意で異動した時から財務局技術発表会に臨んだことを西に語った。

東京都財務局で測量の仕事をすることになり、西に報告した時のことを懐かしく話した。

「君から都に入る時言われた五感を実施したからだよ」

「へえー　五感が役に立った！」と西は不思議そうに語った。

「先ず眼で見る。耳でよく聞く。鼻で匂いを嗅ぐ。舌は味を感じる。身は触れることで覚える！　西が言っていたことを自分なりに考えて、行動したんだ」

「そんな偉そうなことをマツに言った？　覚えていない」

「測量プログラムを組むのに西が言った第五感だよ！　眼耳鼻舌身だよ！　だから第六感が生まれて、他の人が考えないアイデアが生まれたんだ」

「俺もたまにはいいこと言うんだ。言った本人が憶えていないけど」

「メモリ機能を使った座標登録とか！　座標登録した数字を入力する時にマイナス数字がショートカットの機能として、別の測量計算ができるように改良したこととか！」

西に語ると、

「マツ、たいしたもんだよ。驚いた。本当だ！　第六感だ！」

私は、西にそのことを語った。


建設局から財務局に戻ると職場で私が推奨したメーカーの計算機を使用していた。

その計算機のプログラムは、十年前に私が職場で導入を提案した座標登録方式の初期のプログラムだった。

私が作成したプログラムと再会したので驚いた。

私があの時、職場で利用してほしいと提案したことが活かされている。操作しやすいから支持されて使われているんだ。

「まるで、生き別れた我が子に十年ぶりに再会したような気持ちになった」と西に語った。

私が境界確定課を離れてから、私が作成した測量プログラムは、職員の間で秘かに浸透して、この十年間に職場に正式に採用されていた。測量プログラムと再会した時に感無量になっていた。プログラムの不具合があったがそのまま使われていた。我が子に諭すように計算機に呟いた。

「よくぞ残ってくれた。思わずこれだ。俺には、この測量プログラムがある。お前を多くの人達に紹介することができる。待っていろ！　お前を世間に公表して、その存在を示してみせる」

「それだけマツが考えた測量プログラムが便利だったんだ」と西が言った。

その時のことを話しながら思い出した。

私は、境界確定課の職員に十年前に渡した測量プログラムに愛着を持っているし、効率的な仕組みに自信があった。そこで、青梅土木事務所補修課に配属された時に、建設局の技術体験発表会に発表ができないことで非難された屈辱を晴らすことができると考えた。財務局の技術発表会に、測量プログラムをテーマにした技術発表ができると確信した。

「そうだ、俺には、座標登録方式の測量プログラムがある。これで屈辱を晴らすことができる」と呟き、技術発表会に挑むことを決意した。

職場の総括係長に「測量プログラムで財務局の技術発表会に挑みたい」と申し入れをした。

石田総括係長は「技術発表会でお前が発表するのは、無理だ！　無謀なことは考えるな！　それより、仕事しろ！」と言われて断られたが、私は諦めなかった。

西が高校進学の時に何度も私の自宅に訪ねて、都立高校の補欠募集の受験を導いてくれたことを思い出した。

その時、西のどんなに拒絶されても諦めない行動を思い出し、何度も石田総括係長に嘆願した。

石田総括係長は「しつこい！　わかった。安課長に相談してくれ！」と仕方なく答えた。

安課長に「財務局技術発表会に職場で使っている小型計算機の測量プログラムで研究発表に挑みたい」と操作しながら説明した。

安課長は「これは、面白い。プログラムのことはよくわからないが、田島用地部長に説明してください」と承認してくれた。

その日のうちに、職場のプログラム計算機を持って部長室に向かった。

安課長が部長室のドアをノックして、「部長、入室して宜しいでしょうか」と挨拶をした。

部長室から「中にお入りください」と田島用地部長の声が聞こえた。

部長室に入室して、技術発表会に用地部として、測量プログラムで挑むことを説明した。安課長が
「当課で測量計算に使用している小型計算機の測量プログラムを、局の技術発表会で発表するのに開発した職員が説明します。測量プログラムを開発した松さん、説明してください」と促した。

部長は、「わかった。ソファーに座ってから説明を聞きますので、座ってください」と勧めた。

安課長と私は、部長室のソファーに座って、説明を始めた。

「わかりました。それでは説明します。この測量プログラムは、今から十年前に私が開発した初期のプログラムです。座標登録式なので、座標をメモリに番号登録します。登録した番号により測量計算をします。メモリに登録した座標値は電源を切ってもメモリを消去しない限り、別の測量計算に使えます。例えば、登録した座標値を利用し

て、面積・角度・距離・垂線・交点計算は、直線の交点・円の交点・円と直線・ニゲの計算など多彩な測量計算ができるプログラムです」

と計算機を操作しながら説明した。

田島用地部長は、感心して聞いていた。

「この測量プログラムは、あなたが開発したのか？」

「ハイ、そうです。十年ぶりに建設局から財務局に戻ると、当時職場に購入してほしいと働きかけたメーカーの計算機を使用して測量計算をしているので、プログラムを拝見すると私が作成した数式を使用していました。わかった瞬間、驚くとともに、感無量となりました。この十年間に職員に支持されて業務で使用されている。その当時、個人的に境界確定課の職員に提供したプログラムです。当時は、私の推薦する計算機を購入してもらえなかったので、個別に職員に提供しました。十年の歳月で、静かに職員に広まったと思いました。職員の皆さんに支持されたから職場で使用されている。もっと多くの職員に知ってもらいたいと思いました。私が開発したプログラムを局の技術発表会で公表して、東京都の測量業務に貢献したいと思い、応募を決意しました」

田島用地部長は「これは、素晴らしい提案だ。松さんの努力が実を結んだのですね。局の技術発表会に挑むことを私も推奨します」

安課長は「石田総括係長に、局の技術発表会は、職場で取り組んで挑むことをお願いします」と答えた。

田島用地部長から「それと、東京都の職員提案制度に応募するといいかもしれない」と助言された。

私は「わかりました。職員提案制度の応募は私がやります」と答えた。

職員提案制度に応募するため、小型計算機の開発経緯とプログラムの内容を纏めた。それと同時に、操作手引きを作成することにした。

田島用地部長のお墨付きをもらうと石田総括係長の態度が変わり、やけに協力的になり、局の技術発表会には松一人では心配だということで、発表会の経験者を付けて挑むこととなった。

職場が全体で挑むこととなり、会議室を借りてリハーサルを行うなど職場が一丸となって取り組むこととなった。

私の提案で手引きの表紙をGPS衛星のイメージ図とした。手引きにイメージキャラクターのデザイン画を挿入して、斬新なものにした。プログラムの改良を試み、ウインドウズのように初期画面からメニュー操作により各種測量計算が操作できるように改良した。

平成七年十二月十九日東京都職員提案制度において、応募者数一千八百五十八人、応募件数九百十件。そのうち、最優秀賞二件、優秀賞二十四件、優良賞三十件が受賞した。

私の提案は、優秀賞で一番目に紹介された。

当時の東京都知事には、職員提案制度において表紙のイメージ図を気に入って頂き、年頭の挨拶では、発表者の中に曲面になっている地面を測量するのに、簡略な方法を考えた方がいると、賞賛したお言葉を賜った。

その年の十二月二十五日の都民ホールで開催される局の技術発表会に向けて、田島用地部長の肝いりにより、職場が一丸となって取り組むことになった。

発表会に向けて、メンバーは私と石田総括係長が選任した崎山義男、河野浩二、後藤田健司の四名となった。発表会の予行演習を第一本庁舎十七階会議室にて実施することに際して、崎山義男は、オーバーヘッドプロジェクターを二台設置して、映像を効果的に演出させる方法を提案していた。

崎山は、私が作成した台本を校正して、視覚効果を高める工夫をしたシートを十四枚編集し、コメントと映像の組み合わせの手順を決めていた。

シートは、三つの課題、小型計算機本体とプリンターの写真、小型計算機の液晶画面、プログラム概要図、操作手引きの表紙、イメージキャラクター、機能比較などで崎山義男が作成した。

崎山は、「松さんは、本番だと思って発表原稿を読んでください」と私に指示した。予行演習を兼ねて発表原稿を読んだ。

「私がこのプログラムを開発した境界確定課の松です。このポケットコンピュータによる測量計算ほど、行財政懇二十一Cの答申に当てはまるシステムは他にはありません。それは、このシステム全体がポケットコンピュータを含めて五、六万円で購入できるからです……操作が簡単なことなどを知ってほしいと考えています」と読むと、崎山は、「ここで後藤田さんが、シート1であるポケットコンピュータの画像を投影してください」。後藤田は、「わかりました」とスクリーンにシート1を投影させた。私は、発表台本を読むことを再開。

「ここに映し出されているのが当課で使用している小型計算機であるポケットコンピュータです……私が作成した小型計算機の測量プログラムと操作手引きの改良の要点……」

崎山は、シート2で改良の要点をスクリーンに投影させた。

私は、「映しながら説明いたします。何よりも使う人の興味を引くように三つの課題を設定しました。一、操作性の向上、二、グラフィック機能の活用、三、親しみやすさなどを念頭に入れながら改良しました」と原稿を読むと「操作性の向上」の文字を投影、「グラフィック機能」文字を投影、「親しみやすさ」の文字を投影して演出した。簡易グラフィックの説明では、「小型計算機の液晶画面」をスクリーンに投影させた。

崎山は進行の河野に

「河野さんは、松さんの発表内容からオーバーヘッドプロジェクターを操作している私と後藤田さんに投影させるタイミングを知らせてください」と指示した。私は台本を、時計を見ながら一定のスピードで話すようにした。崎山義男は

「後藤田さんは、シート1を発表する直後に投影してください。次にシート2を2分後に私が投影します」

「わかりました」と後藤田は答えた。

次に崎山はタイムスケジュールにより合図する時期を指示した。

「河野さんは、タイムスケジュールでシートを投影させるタイミングを合図してください」

「松さんは、台本を丸暗記して客席を見ながら話すと良いのですが、それが無理ならば、一定のスピードで話すことを心がけてください」

と崎山からアドバイスを受けていた。

ある程度練習して、別な日、職員を観衆として二十数名配置して、都庁第一庁舎十七階会議室を借りて、本番さながらの模擬発表会を実施した。

石田総括係長に「喋り方がぎこちない。抑揚を付けて、聴き手にわかるように説明しないと」と指摘された。

私は人前で話すのが苦手であったが、ここで言われても致し方ないだろうと思いながら「わかりました」と返事をした。

家に帰ると原稿台本を時間を測りながら読む練習をしてから、早口言葉を繰り返して滑らかに話ができるように訓練した。


財務局の技術発表会は、平成七年十二月二十五日の都議会議事堂一階都民ホールで

開催された。

私は、西に技術発表会に臨むことを連絡していた。

西は、組合の会議がある合間に「マツ、凄いじゃないか！　最後まで見られないけど頑張れよ！」と声を掛けてくれた。

西に声掛けされて自信が湧いて「ありがとう！　頑張るよ！」と答えた。

関連作品部門と、応募内容は次のとおり、

「ポケットコンピュータによる測量計算のマニュアル化」

「大規模施設（東京国際展示場）の管理運用に係わる情報システム」

「東京国際フォーラム地下掘削工事が周辺鉄道構築物に与える影響」

「世田谷公共建築学校の実践から」の四件であった。

私は、関連作品部門の一番最初で、発表時間は十三時十分から登壇して持ち時間は二十分間であった。オーバーヘッドプロジェクターを二台使用して映像で視聴者にわかりやすく。このアイデアは、崎山義男の提案である。予行演習の成果が発揮できるか、私にとって、緊張する瞬間であった。河野がタイムスケジュールにより、プラカードで後藤田に指示してシート1をスクリーン1に投影。発表者である私は、発表を始めた。

「私がこのプログラムを開発した境界確定課の松です。このポケットコンピュータによる測量計算ほど、行財政懇二十一Cの答申に当てはまるシステムは他にはありません。それは、このシステム全体がポケットコンピュータを含めて五、六万円で購入できるからです。それよりも大きな経費節減は、測量プログラムのソフトを職員が開発したことです。

パソコンの測量ソフトは購入するだけで、二百万円近くします。開発となれば、この価格でも購入できません。そして、何よりも現場作業の多い土木建築などでの短時間に計算結果が得られることや持ち運びに便利なこと、簡単な操作であることなどを知ってほしいと考えています。

スクリーン1に映し出されているのが当課で使用している小型計算機であるポケットコンピュータです。これよりポケコンと略称させていただきます。私が作成したポケコンの測量プログラムと操作手引きの改良の要点を……」

と言うと河野がタイムスケジュールによりスクリーン2にシート2の投影を崎山に知らせる。崎山は、スクリーン2にシート2を投影して要点を一文言ごと表示した。私は演出効果を出すため、一つ、右手を上げて人差し指を示して会場にいる観客に訴えた。二つ、右手の人差し指と中指を示して訴える。三つ、右手の人差し指と中指と薬指を示して訴える。

「スクリーン2に映しながら説明いたします。何よりも使う人の興味を引くように三つ課題を設定しました。一、操作性の向上、二、グラフィック機能の活用、三、親しみやすさなどを念頭に入れながら改良しました。それでは、一つ目の操作性の向上についてて、説明します。ポケコンの操作は、初期設定の座標登録をすれば、初期メニューから操作番号ですべての計算ができます。座標登録番号入力画面からマイナス数字により別の測量計算にショートカットできます。二つ目のグラフィック機能の活用について説明します」

と言うと、河野がタイムスケジュールによりスクリーン1にシート3を投影するように後藤田に合図をし、ポケコンの簡易グラフィックを表した画面を投影した。

「スクリーン1をご覧ください。二円の交点や直線の交点計算に簡易グラフィックを活用した表示方法を採用して、交点を求める点の位置情報がわかるようにしました。三つ目は、操作手引きにイメージキャラクター」

と言うと河野がタイムスケジュールによりプラカードで合図を送ると、スクリーン2に崎山がシートを投影してポケコン君の親しみやすさを強調したスライドを投影した。

私が「……を創案しました。それは、配布した操作手引きにあるポケコン君であります。親しみやすく可愛らしく描きました。注意書きや重要な箇所にカット絵として挿入しました。先ず、操作説明に略図を作成しました。計算する箇所が何処なのか簡単なカット絵で示しました。カット絵の説明文は使用する人に語り掛けるような会話体にしました。それでは、プログラム概要から説明します。今回の測量プログラムには、用地測量の他に道路設計などに活用できるように、曲線設置のプログラムもあえて組み込みました。それでは……」

と言うと河野がタイムスケジュールにより「スクリーン1」にシートの投影を合図する。後藤田がプログラム概要であるシート5を投影。続いて河野がタイムスケジュールにより「初期設定」のシートを崎山にスクリーン2に投影を合図する。

「ここに映し出されたプログラム概要をご覧ください。初期設定を見てください。ここから、この測量プログラムが始まります。その上にG．1と書いてありますがこれがマニュアルモードにおいての初期設定のコマンドです。マイナス十五と書いてありますが、これは、ポケコンに登録したデータをメモリに記憶するための命令です。また、マイナス十六は、その逆でメモリから座標をポケコンに出力する命令です。初期設定の数字の左側に書いてあるカタカナの項目が、実際にポケコンの表示部に表示される項目であります。また、カタカナの前に書いてある数字が初期メニューでの操作番号になります。プログラムの作業項目は、全部で三十四あります。それでは、ポケコンの機能としての説明をいたします。初めにポケコン本体から説明いたします」

と言うと河野がタイムスケジュールにより、スクリーン1に「シート1」のポケコンの投影を合図した。

会場にいる石田総括係長は、「練習の時は喋り方がぎこちなくって聞きづらかったが、抑揚を付けて、聴き手にわかるよう説明できている」と呟いた。

安課長は「練習の成果があって、スライドと喋るタイミングが合って、これは素晴らしい。石田総括係長どう思います?」

と隣にいる石田総括係長に尋ねた。「練習では、提案は良いが発表はダメかなぁ、と思いましたが。松を見直しました」

安課長は「財務局技術発表会で特別賞を三年前に「境界確定の歴史考察」で受賞したがそれ以来の快挙になりそうだ」と微笑んだ。

私は発表を続けた。

「型名はPC－E650、プログラムデータエリアは六十四KBあります。このデータエリアの大きさが重要となります。ここに、BASIC言語のプログラムを組み込んで計算させることができるのです。表示部四十桁四行二百四十×三十二ドットあります。私が作成した測量プログラムは、十四ＫＢ使用しています。また、座標データとしては、最大百二十点の座標を登録することができます。次は、②のプリンターの説明をいたします。型名はＣＥ－１２６Ｐ、型式はサーマルドットプリンター、プリンター行数は一行当たり二十四文字印刷します。プリンター速度は、一行当たり〇・八秒です。三番目は、簡単なグラフィック機能について説明します。垂線計算において」と言うと、会場にいる青梅土木事務所の工事二課で一緒に仕事した渡部係長は「素晴らしい発表だぞ、松、頑張れ！」と固唾を飲んで舞台を見ている。

境界の判断基準で対立した田寺係長は「松君がこんな素晴らしい発表するなんて！」と驚いて見守っている。

他の職員も「松さん頑張れ」と応援してくれている。

「次に、ポケコンの操作手引きの説明をいたします。先ほど、冒頭で申し上げましたように、操作手引きに親しんで頂くために、表紙から斬新なデザインを考えて、ＧＰ

S衛星のイメージ図を採用しました」

と言うと、河野がタイムスケジュールにより後藤田に合図すると操作手引きのGPS衛星のイメージ図の「表紙」を投影。

「ポケコンの測量プログラムは、その場で計算することができます。効率的な作業が必要な境界立会の際にも適したシステムです。今回の技術発表会を通じて、さらに多くの職場に紹介され、用地測量業務の効率化に役立つことを期待いたします。これにて、私達の技術発表を終わらせて頂きます。ご清聴ありがとうございました」

発表が終わり、拍手喝采となり会場から発表が素晴らしいと称賛を受けた。

青梅土木事務所の工事二課で一緒に仕事した渡部係長は私のところに駆け寄り「技術発表、素晴らしかった！」と涙声で称賛してくれた。

境界の解釈で対立していた田寺係長も「松君、発表素晴らしかった」。その後、小型計算機の使い方について尋ねるようになった。

財務局の技術発表会の第四部門「関連作品部門」の成績発表が行われ、優秀賞として発表された時は客席で待機していた。

優秀賞と発表された時、感極まって、泣きそうになっていた。青梅土木事務所の時に技術報告ができなかったことで、管理職や組合の幹部から窘められたことと、小学生の時の通知表に書かれた、発表するが纏まりがない、との評価を思い出した。西に東京都に採用された時言われた「五感の眼耳鼻舌身」を思い出し、感無量な気持ちでいた。

これこそ五感から第六感が育まれ、他の人が考えない発想から、評価される提案が生まれたんだと思った。

平成七年都知事室での職員提案制度の授賞式が知事室で執り行われた。

天井が高く床は厚い絨毯が敷き詰められていた。受賞式は個人と団体に分かれていた。私の提案は、団体部門の優秀賞でトップであった。

職場の意向があり、初めから個人の提案ではなく、団体としての提案となってしまった。受賞者と受賞した局の局長が知事の訓示を述べる演壇を挟んで左右に分かれて座った。

政策報道室長が平成七年度職員提案制度受賞式の開催を宣言。

部門別に発表。団体から最優秀賞の受賞団体と所属局。

優秀賞の団体と所属局を発表。

優良賞の団体と所属局を発表。

次に個人の最優秀賞と所属局を発表。

優秀賞の個人と所属局を発表。

優良賞の個人と所属局を発表。

知事が執務室からレセプション室に入室。

政策報道室長が「只今より知事が執務室から入室されます」と宣言した。

執務室の高さ三メートルほどある扉が開くと知事が入室された。

知事が会場中央のマイクがある場所に登壇され、訓示を述べられた。

「君達は、素晴らしい提案をされた。この功績に自信を持った方がいいよ。賞金は、職場の祝賀会に使うのではなく、御自身のために使ってください」と述べられた。

私の提案は職員グループ提案の二番目。

一番の提案は最優秀賞の「ＮｅｗＳＥＡＳ」であった。

都営地下鉄十二号線（都営地下鉄大江戸線）の環状部の環境解析用に開発されたシステムで空調、暖房、人の流れを微分方程式によって解析して効率的に効果を示した手法で、従来の地下鉄よりも断面が小さい地下鉄に適した運用であったことが、評価された。交通局に所属する職員グループ提案であった。職員提案というよりも地下鉄工事の政策なので、職員提案制度に馴染まないような気がした。

私の提案は、測量業務で培った工夫の結晶なので個人提案で応募したかった。しかし、財務局の技術発表会は、職場の多くの職員の協力がないとできなかったことは事実だった。

平成八年一月の知事の新年の挨拶で、嬉しかった職員表彰のことを多くの職員の前で述べられた。

「私が一番嬉しかったことは、職員表彰でした。先だって職員の方々の創意工夫に基づく発案を募集しました。その時に二千人位の方々から九百何件かの応募がありました。職場で実際に日々苦労している方々の、例えば、福祉関係の仕事をしている人が、こんなふうにしたら、足の不自由な方が楽なんじゃないか、こういうふうにしたら手の不自由な方が楽なんじゃないか、目の不白由な人が喜んでくださるだろう、そういう実際に現場で実際に自

分が携わっている仕事の中から創意工夫を出してくれた。それを表彰しました。中には、曲面になっている地面を測量するのに簡略な方法で測定できるシステムを作った方がいました。そういう難しい問題から、実際に日ごろ職場にいて、こうやったら都民の方が喜んでくださるんじゃないかという工夫がありました。皆さんの中から出てきたアイデアなのが、非常に嬉しかったですね」

と知事が述べられた時、私が作成した操作手引きを見て発言したことと思った。

職場では、知事が平成八年度当初に新年の挨拶で述べられた趣旨は、職員提案制度の個人の部で最優秀賞を取られた建設局第三建設事務所の職員のワープロの表計算ソフトによる登記事務作成システムのことを述べていることで、私が作成した操作手引きの表紙のGPS衛星のイメージ図のことを知事が語っていると思っている職員は、部長以外誰もいなかった。

翌年の財務局技術発表会は、平成八年十一月十九日、昨年と同じ都議会議事堂一階都民ホールで開催された。

第一部門「調査研究部門」の、応募内容は以下のとおりであった。

「下水道光ファイバー網の活用について」

「営繕部建築第四課における経年調査（かし検査）結果の報告」

「小型計算機ソフトを普及化するための調査」

「公共建築物の保全について」

「配管設備の劣化調査」

「平成七年度財務局耐震調査に関する一考察」

「コンクリートの劣化状態について」

「営繕部における建設発生土対策の最近の動向」

「パソコンの表計算ソフトを使用した施設管理委託積算内訳書作成について」

の九件であった。

今回の発表では、平成七年度職員提案制度と財務局技術発表会にてともに優秀賞を受賞した成果であるポケットコンピュータの測量プログラムを多くの職場に普及させ、簡素で効率的な都政運営を推進するための調査研究である。財務局技術発表会でパワーポイントを初めて使ったプレゼンテーションを実施した。その結果、第一部門「調査研究部門」で「小型計算機ソフトを普及化するための調査」は特別賞を受賞した。

平成七年優秀賞と平成八年特別賞を得られたのは、あの屈辱的な気持ちが自分の潜在意識を高め大きな功績に繋がったと西に誇らしく語った。

「マツ、凄いじゃないか。測量が苦手だったのに、こんな凄い功績を挙げるなんて！　第六感が冴えた！　逆境からの覚醒かなぁ！」と親指を立てて示した。

私は、「だけど昇任試験はお粗末で、短期の主任試験は課長に期待されながら合格できなかった。短期の主任を諦めて、長期試験に臨んだが、合格論文を丸暗記して三回目にやっと合格して、主任に昇任したのは、賞を取ってから六年目の平成十三年だった。その当時の課長は松さんの評価を上げる手立てがないって、呆れてた」

「主任試験のことは気にするな！」

「青梅土木事務所の時は仕事ができないと思われていたので、主任試験に落ちても当然と思われていたが、発表会で賞を取ってからは、職場の管理職や上司から期待されていることが辛くなって、自分を責めるようになった。それで鬱病になって、平成十年から心療内科に通った。精神安定剤と睡眠薬を服用するようになった。本当に辛かった」としみじみと西に語った。

「結構辛い思いしたんだ」

「精神安定剤と睡眠薬をどの位の期間服用したの？」

「五年間位かなぁ！」

「結構長く服用したんだ。今も服用しているの？」

「他の薬との飲み合わせで体調が悪い時に、薬疹を起こした。入院はしなかったけど、安定剤と睡眠薬が一週間飲めなくなった」

「それで、どうなった」

「無理に安定剤と睡眠薬を止めたら、目が回ってしんどい思いをした。寝られないし、天井がぐるぐる回って布団にしがみ付いて夜を過ごした。その時、安定剤と睡眠薬を絶とうと思った。薬を絶つのに苦労した」

「薬を絶つのにどんなことで苦労した？」

「安定剤を、二錠を一錠に、一錠を半分、半分を四分の一、睡眠薬も少しずつ減らした。一年以上掛かった」

「それで、係長に昇格したの？」

「結局係長に、昇格できないでいる。同じ課の職員にはあれだけの業績を挙げているのに係長になれないのはおかしいと言われている」

「係長に昇任できないことを気にすることはない。職員提案制度や財務局技術発表会で入賞することの方が難しいヨ。それに、実際に仕事で役立っているんだし！」

「そうかなぁ！　昇任試験の評定は、課長に言わせればこれ以上評価を上げられないほど評定を高くしたそうだヨ！」

西はさらに続けた。

「俺は、主任試験は受けなかったし、主任になるつもりもなかったけど、気にすることはない。主任試験よりも技術発表会や職員提案制度の応募件数九百件で優秀賞を得る方が遥かに難関だし、凄いことだと思うよ！　それから、最優秀賞の『New SEAS』は、職員提案制度に馴染まない。都営地下鉄十二号線は、現在の都営大江戸線の計画に伴う空調設備開発システムのことだろう。職員の創意工夫じゃない。明らかに職員提案じゃない。俺でも疑問に思うし、当時の知事も話題にしていない。知事も職員提案でないことを理解しているよ。だから、係長に昇格できないことを気にするな！」

私は「西に励まされて、気が楽になったよ。それよりも高校二年生の時の陰湿な虐めに耐えたことで、どんなことがあっても負けない精神力を育んだ。君のほうが凄い！」と強靭な忍耐力を育んだことを称賛した。

「西に、最後に聞きたいことがある。高校の補欠募集で自業自得のことは聞いたけど。

あとは、絆かなぁ！と言ったことを覚えている？」

「覚えていない。マツ、言ったこと、覚えていないよ！」

「未来のマツへの絆かなぁ！って言ってたよ！」

「へ〜　また、そんな、訳のわからないこと言ったんだ！　そうだ、思い出した。マツの母親が亡くなる前に。マツのお母さんから母親が、高校進学と就職を見守ってくれないかと言われていたんだ。それで母親に言われて、おせっかいだと思ったけど、高校進学と東京都の採用試験の話を持ち掛けたんだと思うよ。俺も昔のことだから、そんなような気がする！」

私は、初めて聞くことだった。

中学三年生の夏休みに急性肺炎で亡くなった母親が、私のことを心配して、西の母親にお願いしていたことに驚いた。それを聞いた瞬間が、母親の未来への「心の絆」を初めて知った時だった。

母親が急性肺炎で死んだ場所が精神病院であったことがトラウマとなっていた。内職でしていた洋裁の注文を取りすぎて、夜更かしして重度の総合失調症になり、三鷹の精神病院に入院して、急性肺炎で死んだことが心の傷となっていた。誰にも話すことができないで、母親の死を受けとめることができなかった。そんな母親とは、精神病院に入院して、一学期の中間試験の前日に自宅に一時帰宅をした。私は、勉強を夜遅くまでしていた。「コウちゃんとお父さんに迷惑をかけたね！　お母さん、これからは仕事を無理にしないからね！」と言って紅茶を用意してくれた。「わかった。早く寝て！」と素っ気ない態度で返答した会話が最後となった。そんな母親が私の将来を心配して、人に託していたことがわかった瞬間であった。

感慨無量のあまり、涙が溢れてきた。抑えきれぬ涙を堪えるのに顔がしかめ面になった。

突然、私が泣き出しそうな顔をしたので、西は「マツ、どうかしたの？」と不思議そうな顔で聞いた。

「いや、何でもない！　目にゴミが入って取れないんだよ！　外は風が冷たいし！

強い風でその時、目に入ったゴミが取れないんだぁ！」と言って、泣いていることを悟られないようにした。

病室での話が長くなり、帰る時間になった。

立川病院の外に出ると、西が陰湿な虐めを受けた時、彼を助けることができなかったことを思い出す。

「すまない」とかしか言えない。

西からいつも助けてもらってばかりいた。

そして、西が未来への「心の絆」を私にしていたことに感謝した。

暗い夜道を歩いていると涙が止まらなかった。

「いつも、西に助けてもらうばかりで、学校で陰湿な虐めにあっている時に見て見ぬふりして、助けることができなかった」と呟きながら家路についた。

数週間経って、立川病院に見舞いに訪れた時、先客はいなかった。

テニス部同窓会や中学時代の恋愛の想い出話をした。

私は「立川南口の錦中央通りにあるスナックロンドでテニス部の同窓会にテニス部ではないが参加したね」と語ると、

西は、「マツの家が立川南口のロンドに行く時の通り道で声を掛けやすかったから誘った。マツは必ず自宅にいた」

「何処も行くところがなかったから誘われても断ることをしなかったなぁ」西に誘われて昭和五十年ごろから昭和五十八年ごろまで毎年一月三日にテニス部の同窓会に参加したことを思い出した。

スナックロンドは二階で、狭い階段を上がるとカウンターとボックス席があって、窓際のボックス席には地元市役所に勤めるゴエちゃん（石田五郎）と大手食品メーカーに勤務していた上井と獣医を目指している水上、高校教師の一年先輩山岡、一年後輩の大手電機メーカーに勤めている永田がいた。

メンバーの招集は西が行っていた。酒はサントリー角、乾き物にチーズにサラミ、柿ピーなどの簡単なつまみを食べながらの歓談。先ずは、ビールで乾杯。乾杯の音頭は上井が行った。上井が大手食品メーカーの東南アジア駐在員をしていた時の話題で盛り上がっていた。

上井は、「西がいつも招集してくれるので助かる」

西は「苦にならない。みんなが元気でいる顔を見られるのがなによりだよ」

話は上井から始めた。

上井は「東南アジアの駐在員は、現地の人を雇用しないといけないんだ」

西が「雇用？ 何を頼むの？」

上井は「お手伝いさん、庭師、運転士、料理人、その他」

私は「そんなにたくさんの人を雇用したらお金が幾らあっても足らない」

ゴエは「大会社の社長みたい」

上井は「東南アジアの駐在員は雇用が義務付けられている。費用は会社が負担する」

水上は「料理は、現地の食事だから味が合わない？」

上井は「料理人に味噌汁の作り方から、和食を教えて食事に困らないようにした」
私は「駐在しながら和食を現地の雇用した人に教えたら大変だ」
山岡は「上井、言葉はどうしたの？」
上井は「俺が駐在したインドネシアは多民族国家なので、地方に行くと話す言葉が全然違う。インドネシア語が公用語になっているが、普段はジャワ人はジャワ語を話す。マレー人は、普段はマレー語で話す」
水上は「二つの言語を覚えたの？」
上井は「公用語のインドネシア語を覚えたけど辞書は戦前の書物しかなかったので大変だった」
西は「上井は頭がいいから。何せ早稲田大学を卒業しているからなぁ」
上井は「大学は関係ない。暗記だよ。偏差値を上げるため教科書を丸暗記した。その要領で普段使う言葉を丸暗記した。普段使う言葉千から千百位あれば、日常生活はこと足りる」

私は「日本語のこんにちは」
上井は「スラマッスイアン」
ゴエは「こんばんは」
上井は「スラマッマラム」
山岡は「お元気ですか？」
上井は「アパカバル」
上井は東宝映画のモスラの歌のことを話し始めた。
「怪獣映画モスラの歌は、インドネシア語なんだよ！」
西は「よくインドネシア語で歌っているってわかったね？」
上井は「インドネシア語だから意味がわかるんだ」
私は「意味のないカタカナ言葉で歌っていると思った。ザ・ピーナッツが歌っているので、意味のない言葉でもさまになって神秘的な感じがしていたが、インドネシア語で意味がある歌詞だとは思わなかった」

水上は「流石、インドネシアの駐在員」

テニス部の同窓会は、上井が話題を提供して夜遅くまで語り合った。

それから近くの雀荘で麻雀して解散したことを思い出した。


話が中学時代の恋愛の話になった。

西に「西は運動神経が抜群で活発な女の子に恋焦がれていたネ」と尋ねると、

「俺は、バスケット部のE組の永井洋子のことが気になって、交際を申し込んだ」

永井洋子は体育の時間にバスケットでは彼女がドリブルすると誰も止めることができなかった。

そんな彼女に恋焦がれて告白したが、見事に轟沈したことを語っていた。

西から「同じクラスの竹川恵子と噂があったけどどうした？」

と問い掛けられた。

「都立高校の補欠募集を受験する時に心配してくれて、英語の参考書を譲り受けた」

「マツと一緒に竹川の家に合格の報告をしに行ったけど、彼女は留守で母親に言付けしたなぁ！」

「彼女の優しさに好意を抱いたことはたしかだけど。英語の参考書を譲ってもらったことで、合格したことを報告したかった」

西には話さなかったけれど、実は彼女に手紙を送った。そして竹川恵子とのこととクラス会のことを思い出した。

その手紙には交際したいと書いたが返事はやんわりと断られた。

八年後、東京都に就職して、立川から有楽町の都庁本庁舎に通っていたころ、中央線立川駅上りホームで竹川恵子に会った。

「松君、久しぶり。元気？」と彼女から声を掛けられた。

東京行きの満員電車の中で「竹川さんは、何処にお勤めですか？」と尋ねると、彼女は

「大津間女子大学を卒業して、今年、銀座の羽鳥時計店に就職したの。満員電車はいつもこんなに混んでいるの？」と尋ねられた。

「大体こんな感じ、新宿駅で入れ替わりがあり、座れることがあるよ！」と答えた。新宿について、乗客の乗り換えがあり先ず私が座り、隣の座席が空いたので、確保した。

「竹川さん、隣が空いたよ！」

「松君、ありがとう」彼女が私の隣に座って話を続けた。

「ところで、松君は、何処にお勤め？」

「高校卒業してからコンクリート会社に勤めて、その会社を辞めて、東京都の一般職員採用試験に合格して、東京都財務局に勤務している。勤務先は有楽町の本庁舎だよ」

「凄い。高校受験に失敗した時心配したけど、補欠で都立高校に無事入学できて、良かったと思った。その後、都庁に就職したとは、もっとビックリ」

こんな他愛のない話をしながら通勤したことを思い出した。私は、東京駅で降りた。彼女は神田で山の手線に乗り換えて有楽町で降りた。なぜなら銀座の羽鳥時計店は、中央区銀座八丁目にある、時計台がある老舗店舗である。私は、彼女のことが気になり、そのお店に昼休みに密かに訪ねた。「竹川だ！」彼女はお客さんと接客中であった。何か切っ掛けが欲しいと店の中に入ったが「声を掛けて、嫌な顔されたらどうしよう？また、断られたらどうしょう？」と悩んでいて、彼女に声を掛けることができなかった。それから何回か逢うことができたが、彼女とは交際する口実ができないまま、時が過ぎ去ってしまった。

中学校の同窓会を同級生の上井末吉君の提案で始めることになった。同窓会の幹事は、男性幹事は立川市役所に勤務しているゴエちゃんと私が務めることになった。女性の幹事は、中田まき子と依田千恵子が務めることになり、南口の純喫茶スイングに集まり、案内状を送付することと同窓会会場を決めるため打合せをした。同窓会の会場は、自宅の隣の地上三階地下一階の飲食店ビルになっていた。そのビルの三階の割烹料理屋源氏で執り行うことになった。

ゴエちゃんが「会場は割烹料理屋源氏にします」
私は、女性の幹事に
「クラスの女性への通知と連絡は、中田さん、依田さんにお願いします。男性はゴエちゃんと私がします。通知で参加する人には、念のため電話で確認を取ります。中田さん依田さん、宜しくお願いします」
女性幹事依田千恵子が
「松さん、竹川さんに案内状を送付しようか？」と私に尋ねた。
私は、「女性の案内状の送付は、私に聞かないで決めてください」と答えた。
女性の幹事中田まき子は
「松さん、竹川さんの案内状にハートのマーク入れて、マッチャンが待っているよと赤文字で書こうか！」
「止めて、普通にして余計なことを書かないで！」と言うと、
「ああ、赤くなっている」中田まき子に揶揄われた。

女性の住所の追跡は、中田まき子が担当していたので、連絡先や今回の同窓会に出られるかを把握していた。

「松さん、竹川さん、今回来ないかもしれない。彼女は、酒の席、あまり好きじゃないから来ないかもしれないね！」

三年C組の同窓会はクラスの三分二、約二十数名が集まった。

発起人である上井末吉が挨拶した。

「中学を卒業して、十年が過ぎ、それぞれの思いも懐かしさから郷愁を誘う会話を楽しんでください。今回の幹事さん、マッチャン、ゴエちゃん、中田さん、依田さんありがとうございます。先ずは、乾杯の音頭を！　ゴエちゃんお願いします」

「石田が乾杯の音頭をします。これからもみんなが元気でいられようように、幸せになれるように、乾杯！」

参加者全員が乾杯をして、会話を楽しんだ。中田まき子が言うとおり竹川恵子は来なかった。同窓会が始まると中田まき子が私の傍に来て「松さんがっかりしないで、元気だしてよ」と言った。私は、「竹川さんが来なくても、大丈夫です」と言い返したが、内心凄く落ち込んでいた。久しぶりの同窓会で集まると、想い出を語り合って、懐かしさと現在の心境から話題は尽きない。

同窓会が終わり、お店を出て解散した時、伊井田和子から喫茶店でお茶を飲もうと誘われた。伊井田和子から喫茶店に誘われて、竹川恵子が同窓会に来なかったことで、落ち込んだ気持ちが解消されて、今宵は楽しく過ごせると期待した。同窓会の会場となった割烹料理屋源氏から少し離れた場所に、アメリカの六十年代のジャズをＢＧＭで流す、深夜まで営業する喫茶店クレムリンがある。彼女が先に店に入り、一番奥の席に座った。

「松君ここがいいよ！」と声掛けしてくれた。

私は、彼女の前に座って、二人きりになった。

「やっと二人きりになったね」と彼女が嬉しそうに言った。

「そうだね、二人きりになって、良かった」と私も同感した。

中学時代彼女は、男子生徒に好かれて人気があった。

三年C組の同じ班で私に気軽に声を掛けてくれた。

気さくで傍にいて楽しかった。二人で話は弾んだ。

彼女と中学を卒業してからのとりとめのない会話を楽しんだ。

「高校受験に失敗したけど、補欠募集で保谷工に入学して、卒業してから民間会社に就職した。その後、その会社を辞めて、東京都の採用試験に合格して都の職員になれた」

「凄い！　東京都の職員になれたの？」

「都立高校の入学と同じで補欠採用だよ！」

「私は、東京女子体育短期大学を卒業してから保育園の保母さんになったわ。松君はどんな仕事をしているの？」

「毎日出張して、出張先の現場で測量作業をしている」

「私は、保育園では子供達の世話で大変」

私は「付き合っている人いるの？」と尋ねた。

「彼氏は中卒で、学歴のことを気にしている。松君は彼女いるの？」

「彼女はいない。女性と交際したことはない」

「松君優しいから、きっと彼女はできるわよ！」

「いつも片想いで、好きな女性に交際を申し込んでも断られる！」

「そんなことないわよ、きっと身近にいるかもしれないわ？」

私は、同じクラスで同じ班だった竹川恵子のことを話し始めた。

「三年C組の時、同じ班だった竹川さんに手紙を書いたんだ！」

「何て書いたの？」

「高校の補欠募集で竹川さんから参考書を譲り受けた時、優しさに好意を抱き交際したいって、手紙を書いたんだ。そしたらやんわり断られた」と話すと、彼女は「何でそんなことが起きるの！」と言って突然泣き出した。私は、彼女の予想もしなかった行動に啞然として何も言えなかった。そして「私、帰る」と言って、コーヒー代をテーブルに置いて怒って店を出ていってしまった。

一人取り残された私は呆然として、彼女がどうして泣き出して怒ったのかわからなかった。

「彼女が嫌がることを言ったのか。もしかして、彼女は私に好意を寄せていたのか?」

物凄く後悔したことを憶えている。

後日わかったことだが、日大三高の野球部に入って選抜に出場した岡田治夫は彼女と中学三年生から高校一年生まで交際していた。

その交際は、高校二年生の時破局となった。

破局は、竹川恵子と岡田治夫が交際を始めたことが要因との噂を聞いた。

その噂から数年の歳月が経っていたが、彼女にとって竹川恵子と岡田治夫との交際のことがトラウマとなって残っているからだと思った。

私の一言がこんな結果を招くとは、考えもしなかった。

あの岡田治夫と思わぬ場所で出会った。私は、錦栄会商店街から郊外の公営住宅に昭和五十六年八月に、転居していた。駅からバスで十五分位掛かるが、脆弱な住宅から、風呂と洋式トイレが完備した部屋も三室ある住宅に住めるようになっていた。父親は、熱海の療養施設に入院していたが、毎年正月には、公営住宅で過ごしていた。

そんなある日、バス停でバス待ちをしていると軽トラから「マッチャン」と声を掛けられた。誰だろうと確認したら、岡田治夫であった。

「久し振り。元気でやっている」と返事した。軽トラの荷台には、水道管やソケット等の機材が積まれていて、水道工務店の名前が荷台に書かれていた。甲子園の選抜大会に出場してから十年の歳月が過ぎ、プロ野球選手を目指しているのかと思っていたが、水道工務店で配管工として勤めていることに驚いた。竹川恵子と伊井田和子の二人の女性の間での交際と破局を知ったあとの岡田治夫との出会いに、万感の思いで歳月が過ぎ去ったことを感じた。その後のことを色々回想しているうちに時間が経過してしまい、面会の終了時間が来たので、病院を退出した。

初めて見舞いに行ってから、西の容態は悪くなっていることがわかるようになっていた。

初めて見舞いをした時に「余命三ヶ月、頑張っても六ヶ月と告げられた」と笑って西が答えたことを思い出し、西と会話できる時間があと僅かであることを感じていた。自宅に帰りながら西の命が少しでも永く保ってほしいと祈った。

七、別れの時の回想

私は、葬儀の弔辞の語りで、末期癌で立川病院に入院して衰弱した西と最後に面会した時のことを話し始めた。

「立川病院に入院した西と最後の面会となった。喋ることもできなかった。友人として最後の瞬間、痩せ細った顔、最後の力を振り絞って、手を上げた……」

自分の気持ちをありのままに、故人に語り掛けるように回想した。

立川病院に初めて見舞いに行ってから二ヶ月位が経過していた。

守衛室で面会の手続きをして病室に入ると、西の奥さんである咲織さんに初めて会った。咲織さんは、西の身の回りの世話をしていた。

「主人からお噂聞いています」

「小学校、中学校、高校、都庁と一緒だった友人だよ」

「珍しいわね。随分長く」

「マツは、水道局に勤めるはずが京都に遊びに行って、面接に間に合わず財務局に勤務。水道局よりも財務局の方が、聞こえがイイネ」

西は立川病院に初めて見舞いした時より衰弱していた。

西から「ヨシはどうしている?」と尋ねられた。

「暫く会っていない。立川に住んでいないし八王子に家を買って引越をしたので、会っていない」

「そうか、会いたかった」と西は語っていた。

私は、忙しくってヨシに連絡していなかった、今思えば連絡して一緒に見舞いに来れば良かったと後悔した。

西は、旅行に金を掛けないことを常としていた。

それで、日本全国をヒッチハイクで旅行している。

ヨシは、西のヒッチハイクのことが気になり、京都に旅行する際、西と一緒にヒッチハイクで京都に行ったことがあった。

咳は肺が病んでいることがわかるほど辛そうだった。

咳をする度に奥さんが背中を擦っていた。

立川病院で会話できる最後の見舞いであった。

その後、西は、病院では長期療養ができないので、自宅に戻った。

私は、都立高校受験と東京都採用試験のことで恩義を返せないかと思い、見舞い金十万円を現金書留にメモを付けて送った。

メモに、「西、突然の見舞金を贈ることを失礼する。高校受験と東京都職員採用試験では大変世話になった。都立昭島高校の受験に失敗したが、保谷工補欠募集の受験では、君からの誘いに、友人だと思ったことがない、と言って断ったが、君の説得に屈して、受験して進学することができた。その後、地元の市役所の採用試験に失敗して、立川を離れた。

頼みもしないのに東京都採用試験の願書を調布のコンクリート会社の独身寮に届けてくれた。東京都の採用試験前日に対策をしてくれた結果、都の採用試験に合格して東京都職員に採用された。一度もお礼を言ったことがない。君との友情の絆があったからだ。感謝している。返礼はいらない」と送付した。

数日経ってから、私の携帯に西から電話があった。

弱々しい声で「マツ……メモに書かれていた、高校受験のこと覚えていない。採用試験のことも覚えていない。贈ってくれたお金はありがたく使わせてもらうよ。すまない」

これが最後の会話だった。その後、奥さんから西の容態が悪化したと自宅に連絡があった。

立川病院の面会は、守衛室で病室と患者名と面会者の氏名と連絡先を記入して入室した。

本館のエレベーターに乗り五階で降りた七号室は個室であった。

個室に入ると外が見えるベッドに辛そうに西が横になっていた。

立川病院の個室で西の母親フミと伯母と咲織夫人が椅子に座っていた。

西の咲織夫人から、

「うちの主人の最後かもしれません。どうぞ傍に寄ってください」

と声を掛けられた。ベッドに寝ている西の傍に近づいた。

痩せ細った顔、ギラギラした目で私を見詰めていた。

西の伯母が「コウちゃんは親思いの子なのに何でこんな病になるの、兄弟の中で、一番母親思いなのに！」と語りかけた。

私は、西の傍に近づいて、目を見詰めた。

西は、私を凝視したあと最後の力を振り絞り少し手を上げた。

私が西の手を握ると、握り返してくれた。

何故か手が温かった。

西の瞳が薄らと潤んでいた。

西は、話すことができない……

これが最後だと想うと涙が止まらなかった。

私が見舞いに来たことを西は、わかっている。

そう信じている。これが最後の別れの時だった。

その数時間後、咲織夫人から亡くなったと自宅に連絡があった。

咲織夫人に告別式に参列者代表で弔辞を述べてくれないかと言われた。私は、「わかりました。友人として参列者を代表して弔辞を述べることを承諾します。ご主人には、色々と助けてもらったので、謹んでお受けいたします」と涙声で返答した。

八、君が導いた人生の道標

弔辞の最後に、

「君は友情に見返りを求めなかった。素晴らしい友人に出会ったことを感謝している。私の人生は、君との友情の絆で守られていた。高校受験の失敗から補欠募集で保谷工業高校に、地元市役所採用試験に失敗して翌年に東京都補欠募集の試験に合格して都職員に、七度転んで八度は起きる多くの失敗を乗り越えて、そのたびに奮起して立ち直ることができたのは、西のお陰だ。東京都職員となって、定年まで共に過ごせると信じていた。

この人生の道標は、君からの友情の絆があったからだ。

この友情の絆がなければ、高校進学と公務員試験に合格して、東京都職員になれなかった。昭和四十九年のあとは、オイルショックで職員の採用が制限された。

一年遅れたら東京都の職員になれる機会を失っていた。それに、東京都に採用された翌年の昭和五十年一月三日の早朝に父親が脳梗塞で倒れ、右手右足が痙攣して動かなくなった。自宅に電話がないため、救急車を呼ぶことができない。自宅近くの緊急指定の川野病院まで父親を背負って搬送し、当直医の早い措置により大事に至らなかった。その日から父親の介護で長期休暇を一週間以上取れたのも福利厚生が整っている東京都職員だからと感謝している。

その後、父親は私の扶養家族となり、東京都共済組合からの療養費により父親の介護に苦労することもなく、生活ができた。脳梗塞で倒れてから十三年間、療養施設がある病院を転々とした。昭和六十三年三月十日に青梅の藤が丘病院で心筋梗塞により父親は享年七十七歳で亡くなった。

昭和五十八年、結婚して子供を授かり、共済組合から多額の融資を受けて昭島市内に新築マンションを購入することができたのも東京都職員だからだ。これも君のお陰だと本当に感謝している。

この素晴らしい人生の道標は、君との友情の絆がなければできなかった。君からの見返りを求めない友情に支えられてきた。

中学三年生の時に都立保谷工業高校補欠募集の受験での君からの誘いに友人だと思ったことがないと酷いことを言って断ったのに君は諦めなかった。その時が友情の絆の始まりだった。

最後に、君に『本当にありがとう』と言いたかった。

平成十八年三月八日　松幸一合掌」

会場にはすすり泣く声が聞こえた。葬儀が終わって会場を出る時に、東京都採用試験前日に西の自宅で試験対策をしてくれた水田が傍に来て、目を潤ませながら、私の肩を叩いて「弔辞、素晴らしかった。ありがとう」と言って葬儀会場を退場した。

立川市羽衣町の火葬場まで西の家族、組合関係者、環境団体関係者と同行した。火葬している間、私と西との友情の絆について環境団体の関係者のご婦人と話をした。

ご婦人から「西さんと松さんの友情の話は、参列した人達が聞いて泣いていました」と語ると、

「私は、彼に助けてもらっただけです」と西のことを婦人に語った。

ご婦人は「西さんからの見返りを求めない友情に支えられてきたとお話しされていましたね。素晴らしい友情の絆ですね」と語った。

私は「都立高校の補欠募集の入学試験の時に西に聞いたのです。何故、しつこく誘うの?って。そうしたら『自業自得』という答えでした」

私はご婦人に「自業自得の意味わかります?」と問い掛けた。

ご婦人は「自業自得とは何か失敗した時とか悪いことした時の例えによく使う言葉

でしょ！」と答えた。

私は「今では、悪いこととか失敗したことの例えとして使うことが一般的だけど、本来は、カルマという昔のインドの言葉を三蔵法師が漢字にした言葉です。日本語では、行為のこと、自分の行いの結果を自分で得る。自分の行いが自分の運命を決める。一生懸命仕事すれば、収入が増える。悪事を働けば同じように悪いことが起きる」と説明し、さらに続けて
「自分の幸せ、不幸せを決めているのは自分の行為だとお釈迦さまが言う仏教の教えです」と語った。

ご婦人は「自業自得のことが、お釈迦さまがいう仏教の教えとは知らなかった。悪いこととか失敗したことの例えとして使う諺と思っていたわ」と語った。

私は「マツにする行為は、自分自身にしていること、自分のためにしていることだと西が言っていた」と語った。

続けて「私は、西が導いてくれた人生の道標に感謝して、彼の死を受け止めたい。

自分の幸せ、不幸せを決めているのは、自分の行為だと彼が言ったことを忘れない」と西が言った言葉を思い出して、彼が伝えたことを残したいと考えていると語った。

葬儀が執り行われた斎場で初七日も行われた。祭壇には、遺骨と位牌と写真（遺影）が置かれ、達磨寺の住職の読経が始まった。

読経の中、いつか西から受けた、友情の絆をテーマにした本を出版したいと考えた。「西、ありがとう」歳月が掛かるとも、君から受けた友情の絆をテーマにした本を作成すると誓った。

私は、平成二十七年三月三十一日をもって主任として東京都を定年退職した。

令和五年七月十日、立川パレスホテル四階ローズルームにてウインズ立川A館を運営する、キンエービルディング株式会社の第四十二期事業年度株主総会は、株主が参集して行われている。議長である代表取締役は、株主に最後の採択を求めた。

「松監査役。会計監査報告ありがとうございます。次に監査役任期満了になりましたが引き続き松監査役にお願いしたいと存じます。株主の皆さん、異議がなければ承認の拍手をお願いします」

株主からの異議はなく満場一致の拍手により承認されて、株主総会は無事終了した。ウインズ立川A館の運営会社であるキンエービルディング株式会社の監査役に引き続き就任することとなった。

錦栄会商店街は、昭和五十六年区画整理による共同化により立川南口から消えた。その跡地は、立川場外馬券場になった。私の生まれ故郷である錦栄会商店街は、時代の流れの中で変貌した。

夜の盛り場から昼の娯楽場へと変化した。立川南口の賑やかさは立川場外馬券場ウインズ立川という魅力ある施設があるからだ。

私が東京都の職員だったからこそウインズ立川を運営する会社の役員に指名された。これも西のお陰だと思っている。西が導いてくれた人生の道標絆は、今も続いている。

ありがとう、西。

本作品はフィクションです。実在の人物や団体とは一切関係ありません

〈著者紹介〉

松田浩一（まつだ・こういち）

人生は七転び八起き（達磨大師の言葉）

多くの失敗にもめげず、そのたびに奮起して立ち直ること。

人生には浮き沈みが多いこと 。

一度失敗したことでもいつか取り戻せる強運の運命は、友人のみちびきによって活かされた。

自分の運命を信じて、明日は一雫の可能性を信じて、生きる。


【出身地】

東京都立川市

【出身校】
都立田無工業高等学校　昭和48年3月卒業

【専門分野】

jwwCADの知識とポケコン測量ソフト作成。
・平成7年度東京都職員提案制度優秀賞受賞
・財務局技術発表会調査研究部門優秀賞受賞
・平成8年度財務局技術発表会特別賞受賞

DTP　アトリエ晴山舎

弔(とむら)いの回想録(メモワール)

2024年3月22日　第1刷発行

著　者　　松田浩一
発行人　　久保田貴幸

発行元　　株式会社 幻冬舎メディアコンサルティング
〒151-0051　東京都渋谷区千駄ヶ谷4-9-7
電話　03-5411-6440（編集）

発売元　　株式会社 幻冬舎
〒151-0051　東京都渋谷区千駄ヶ谷4-9-7
電話　03-5411-6222（営業）

印刷・製本　中央精版印刷株式会社
装　丁　　弓田和則

検印廃止

Printed in Japan
ISBN 978-4-344-69003-5 C0093
幻冬舎メディアコンサルティングＨＰ
https://www.gentosha-mc.com/